KEY·可以文化

茅盾文学奖得主
阿来作品

随风飘散

Scattered in the Wind

阿来 著

浙江文艺出版社
Zhejiang Literature & Art Publishing House

目　录

随风飘散

一

那件事情过后好几年，格拉长大了。当恩波低着头迎面走来，直到两人相会，才抬起布满血丝的眼睛瞪他一眼时，格拉已不再害怕，也不再莫名愧疚了。这不，从起伏不定的磨坊到机村的路上，一个人远远地迎面走来，先是戴着一顶毡帽的头从坡下冒出来，载沉载浮，然后是高耸的肩膀，之后，整个魁梧的身躯像魔鬼从地下升起，并迎面压迫过来。

开初，格拉总是感到害怕，总是感到莫名的愧疚。但现在不了。他抬起脸来，虽然心里仍然有些发虚，但眼里喷吐出仇恨的火苗，逼得那双布满血丝的大眼睛，仇恨的神色被犹疑所取代，然后，眼睛就和脑袋一起低垂下去了。

这一老一少的两个男人总是在这条路相逢，每一次都有这样一番无声的交锋。最初，少年格拉是战战兢兢的失败者。

如今情形有些逆转，是有些未老先衰的恩波，认命一般垂下脑袋避开少年人锐利的眼光。

所有这一切，都是因为一个少年的死。这个少年小格拉四岁。这个少年是恩波的儿子。恩波儿子九岁时，在年关将近的时候给鞭炮炸伤了。因为伤口感染，过完年不久就死去了。

九岁的少年被一枚鞭炮炸伤，是一件寻常事情。当时一帮兴奋的孩子一哄而散，留下那个受伤的瘦弱苍白的少年在小广场中央哭泣。这哭泣与其说是因为疼痛，还不如说是受到了惊吓。这个少年是容易受到惊吓的，他的绰号就是兔子嘛。兔子哭着回家去了。这件事情本该这样就过去了。但从汉历新年，到藏历新年，兔子脖子上缠着的白布条一天天变脏，人也一天天委顿下去。村西头的柳林抽芽的时候，他虚弱地对奶奶说："我要死了。"

果然，那天晚上，他就死了。

兔子死前，村子里就起了一种隐约的传说：炸伤兔子的鞭炮是从格拉手中扔出去的。传说就是这样，虽然隐约，却风一样无孔不入。格拉想，他们错了，我没有鞭炮，没有父亲，也没有哥哥给我抢来鞭炮。他隔着树篱问兔子的奶奶："你相信是我扔的鞭炮吗？"

老奶奶抬起昏浊的眼睛："你是和他一样可怜的孩子，不是你。"

但当他第一次看见兔子的父亲，看见他眼里喷吐的怒火，就几乎相信是自己夺去了兔子的生命。声音细小的兔子，身体瘦弱的兔子，总是静静地跟着奶奶坐在阳光底下的兔子终于死去了，在火葬地那里化成了一股青烟随风飘散，永远也不会出现在村中的广场上了。那个下午，天空中柳絮飘荡，格拉背着一小袋面粉从磨坊回家，在路上碰见了兔子的父亲恩波。

恩波少年时跟从在万象寺当喇嘛的舅舅江村贡布出家，又于新历一千九百五十六年和江村贡布一起被政府强制还俗，是村里少数几个识文断字的人。比他更有学问的人，只有喇嘛江村贡布。

江村贡布是一个有书卷气的先生。恩波因此也有着与其魁梧身材不太相称的善良眼睛和常带笑意的面孔。

但现在迎面走来的恩波，魁梧的身子被悲伤压弯，方正的面孔被仇恨扭曲了，清澈的双眼布满了鲜红的血丝，那眼光像刀子一样冰，火炭一样烫。格拉站下来，喉头动了动，想说点什么，但恩波仇恨的双眼盯着他，让他双唇怎么也张不开。他听见声音在自己肚子里："奶奶说，兔子不是我杀死的。” 肚子里的声音当然只有自己能听见。恩波走过去了。那天晚上，格拉躺在羊皮褥子上还感到心窝阵阵作痛。后来，兔子苍白的脸上，挂着羞怯的笑容在他梦里出现了。兔子细声细气地说：“他们冤枉你了，鞭炮不是你扔的。”

格拉呼一下坐起来：“那你说是谁？柯基家的阿嘎、汪钦兄弟，大嗓门洛吾东珠的儿子兔嘴齐米，还是……”

这真是一个奇怪的梦境，格拉每念出一个名字，兔子背后便出现一张脸，然后，那些带着强悍神情的脸便把兔子包围了，他们一起发出了声音：“说！是谁？”

兔子的脸越来越白，越来越薄，像张纸一样飘走了。他叫了一声阿妈。但阿妈不在屋里，肯定是又到打麦场上去了。那些芬芳的干草垛，是男欢女爱的好地方。格拉的泪水哗哗地流了下来。

格拉不知道是不是因为自己是一个私生子，才备受孤立，以致受到这天大的冤屈。正因为如此，看到村子里两个还俗僧人眼里常闪着和善的亮光，脸上带着平和的微笑，他便感到亲近与温暖。江村贡布还俗时有五十出头了，回到村里也一直独身。格拉喜欢看到他单独碰见母亲桑丹这种“拴不紧腰带的女人”时那和善面孔上浮现出的尴尬神情。这种女人对一个僧人来说是充满邪恶的，是罗刹魔女。但这个魔女并不去勾引他，侵犯他。这个女人只是时常露出动人的痴笑，而且她的痴笑并没有特定对象。她也喜欢口里念念有词，同样，她的这些絮叨也没有特定的对象。

格拉曾想象过那个还俗和尚恩波是自己的父亲。但是，恩波娶了漂亮的勒尔金措，生下了弱不禁风的兔子。兔子被一枚鞭炮取走了性命。人们都传说，这枚鞭炮是从格拉手里扔出去的。

格拉呼唤母亲，母亲出去了，到有芬芳干草垛的打麦场上去了。月光照进屋子，他把手伸到窗下，这手从来没有触摸过一枚包着大红纸的鞭炮，一枚会发出与其身量绝不相称的巨大声音的鞭炮。但现在，他真切地感觉到，在这恍惚的月光下，一枚鞭炮，一个事件，真的从他的指尖炸开了。他恍然看到血淌下来，一种锐利的痛楚，撕裂了肺腑。

二

勒尔金措漂亮，但村里好多男人都不愿娶她。她细腰白脸的漂亮，不是机村占主流地位那种健壮的美。老人们叹息，说要是搁在解放前，这样纤弱狐媚的美丽，早引得不事生产的土司头人打马上门了。但在全体人民都下到庄稼地里，还担心填不饱肚子的年代，谁还能欣赏这样的美感呢？

“再不采摘，这朵花就要枯萎了。”恩波的母亲这样叹息。她自己也曾是个浓眉大眼的美人，她还俗的儿子除了身材一派阳刚之气，源自其母的浓眉大眼更使他显得英俊孔武。

那年春天，恩波母亲再一次满怀怜悯拉着勒尔金措的手说：“再不来采摘，这朵花就要白白枯萎了。”

这时，勒尔金措的杨柳细腰已经像水桶一样粗壮了。只是老奶奶害了白内障，双眼不大看得清楚罢了。在机村，女人们到了五十岁上，只有其中极少数人能变得更加火眼金睛，她们中的大多数心慈口软的，便日渐显得糊里糊涂了。勒尔金措人长得纤细，神经也跟着纤细。恩波母亲一双老手，抚过她的手背，发出粗糙的沙沙声，她有些害怕，便抽身跑开了。

老奶奶侧耳倾听，听到裙裾的窸窣声，还听到风吹动麦田，听到风送来杜鹃在春天深处的鸣叫。她笑了："这个害羞的孩子！"

她不知道，勒尔金措跑去一头扎进她儿子怀里，拧了，掐了，又哭了笑了："恩波啦，阿妈这么心疼我，快把我娶回家去吧！"

恩波心事重重找到舅舅："师傅你打我吧。"

江村贡布说："我不是不想打你，是怕打你的时候，打死了你身上的虱子。外甥啊，不能你犯了戒条让我也跟着犯，这不是弟子之道啊！"

江村贡布说完背着手穿过在风中起伏的麦地往村子那边去了。他的妹妹，当年机村的大美人，坐在水泉边那丛老柏树下用昏花的眼睛向这边张望。当今的世事，大睁着一双好眼睛的人，识文断字的人都看不清，你又能看见什么呢？江村贡布心里这么叹息着，走向他的亲妹子，说："恭喜呀，好妹子，要抱孙子了。"

“恩波可是和尚，佛祖会降下惩罚吧。”

江村贡布望望幽蓝的天，小声说：“放心吧，佛祖这些年上别的地方去了。”

说到佛祖的时候，她其实是有口无心的，但当她明白儿子真的跟勒尔金措相好了时，就哭晕过去了。这时，正要把这件事情向母亲大人禀报的恩波沿着麦田中央的小路走了过来。正在抽穗的麦子从两厢里弯着腰，几乎把整条小路都掩住了。魁梧的恩波急急地从中闯过，正在扬花的麦穗上，一片片花粉飞溅起来，在阳光下闪烁着细密的光芒。江村贡布还看见，麦苗深处的露水也被身材魁梧像一头野兽的光头男人碰得飞溅起来。这情景真是美好，让他感动得也要晕过去了。在寺院禅修时，得到启悟时也无非是这样的喜乐吧。他趴在水泉上,含了一口清冽甘甜的泉水，喷在妹妹脸上。她打个激灵，醒过来，茫然望了一阵头顶上笼罩着水泉的柏树巨大的树冠，又咧嘴要哭。江村贡布把她扶起来：“好妹子，你看。”

于是，恩波母亲也看见了，儿子正急迫地迈着大步穿过麦田，他摆动的腿和一双大手，碰得扬花的麦穗上花粉四处飞溅，许多采集花粉的蝴蝶也给惊飞起来，高高低低地泊在风中。这情景的确有感染力，在她眼中，这个人脸孔方正，目光明亮，就像刚刚降临人间的天神一样。儿子刚走到跟前，她又哭起来："儿啊，给我把那个可怜的女人娶回家来吧。"

这时，远处传来了哐哐的锣声，有人在麦田边轰赶与人民公社抢夺收成的猴子与鸟群。这是公元一千九百五十八年的夏天。这时，才四岁多的格拉正磨磨叽叽地提着一只装了一点糌粑的口袋走过来。他看见了村里最和善的三个人坐在水泉边老柏树的阴凉下。他刚去磨坊，在那里，任随一家推磨的人，都会施舍给他一点糌粑。他阿妈桑丹不好好劳动，从生产队分到的粮食就少，夏天将尽，秋天未到，母子俩已经断粮了。

江村贡布招招手，格拉吸溜一下鼻涕，走到三个人跟前。

恩波的母亲伸出手来，摸摸口袋："嗯，孩子，你今天运气不错。"

格拉笑了，恩波说："瞧瞧，笑得跟他妈妈一模一样。"

确实，格拉的笑容，就是乃母没心没肺、没羞没恼的无赖模样。

额席江——也就是恩波的母亲怜爱地抚摸着格拉的脑袋，说："可怜的孩子有什么过错呢？"然后，她从袍子深处掏出一块粘了麻籽的饼，掰下一小块，递到他手上，"可怜的孩子，等我的小孙子出世，我叫他跟着你玩，你就要有一个玩伴了，啊！”

格拉啃一口饼，笑着跑开了。跑到家门口的时候，桑丹正倚着门框，露着满口整齐的白牙，没心没肺、没头没脑地灿烂地笑着。

这年第一场雪下来的时候，兔子就出生了。这消息就像雪一样清新洁净。雪花纷纷扬扬落下来，落在村东头那丛遮蔽着泉水的老柏树上，落在伸向更东边的起伏不定的磨坊路上，落到各家院落中落光了叶子的枝条遒劲的核桃树上，落在木瓦覆盖或黄泥铺成的屋顶上，落到村子的每一个角落。格拉望着漫天飘舞的雪花，心里回响着额席江奶奶的声音：你有一个玩伴了，你有一个玩伴了。

他咯咯地笑出了声。

母亲问他：“好儿子，笑什么？”

格拉没有说话，依然咯咯地笑个不停，桑丹也跟着咯咯咯地笑了。这场雪，来得快，去得也快，太阳钻出了云层，阳光稀薄地降临大地。人群出来了，越来越多的脚印，来去纵横，洁净雪地变成了脏污的泥泞。这时，人群中传开的消息使格拉的心情也像沾上泥的雪，变得脏污而沉重了。人们都在隐隐约约地传说，勒尔金措刚生下的儿子，哭声细弱，连品咂奶头的气力都不够，怕是活不下来。整个冬天，一场场雪下来，这个消息一直在这样流传。他也注意到，恩波澄澈的大眼睛中出现了细细的血丝，他鼓足勇气走到这个男人面前，却什么也说不出来。恩波沉溺在自己的问题里，漠然地看他一眼，走开了。

机村的房子都是两层或三层的石头建筑。三层的建筑上两层供人起居，下一层是畜圈，而两层建筑的人家畜圈都在房子的外边，畜圈便建在树篱围出的院落里。牛羊都收归生产队以后，私人的畜圈里便只有允许自有的几头奶牛了。

恩波家便是这样一幢两层的石头房子。畜圈占去了院落的大半。院子剩下的一半有两株苹果和一棵花红。树下有一畦茴香和一畦大蒜。冬天，果树的叶子落尽了，树下的土冻得泛白。但畜圈里铺满干草，阳光落在上面，暖和而柔软，太阳升得更高一些，奶牛留下的腥臊味蒸腾起来，使畜圈显得更加温暖。这时候，有些闲暇的人会坐到院中畜圈里的干草上，在阳光金黄的暖意中做些手工活。集体化以后，人们的闲暇越来越少，坐在畜圈里享受阳光的，只有一些老人了。格拉家靠着生产队仓库搭建起来的偏房没有院子，也没有自己家的畜栏。桑丹不好好下地劳动，常常跑到谁家没人的畜栏里，坐在那里梳理一头长长的油亮黑发。恩波家的院子是她常去的地方。因为恩波家院子里的阳光好，还因为，如果到了午饭时她还不回家，人家会端点吃的出来给她。格拉也是吃百家饭的。有时，混到中午还没有吃的，便会赶到那里，与桑丹一起，用恩波家的午餐。恩波的母亲额席江把一个木盘端出来，两碗清茶，一块面饼和两三个烤土豆，不丰盛，量也不是太够，但毕竟够两个人对付到太阳落山回家用晚饭了。

但是这一年，恩波家有了新的女主人。女主人漂亮的脸上，常常对这不速之客摆出难看的颜色，桑丹便不再去恩波家的院子了。一天，格拉从恩波家路过，隔着树篱，额席江问："孩子，你和你阿妈还好吧？"

格拉没有回答，机村不可能对他娘俩特别好，他也就对所谓好与不好没什么感觉。人们总是议论现在的日子过得好不好。一派人说，日子过得没有以前好，一派人说日子过得比以前好了很多很多。好日子派与孬日子派形成了一种分野，好日子派受到上面支持，永远占着上风。但格拉对此没什么感觉。额席江隔着树篱说："你等等。"然后，有些跌跌撞撞地回到屋里，把一块带着胶冻的熟牛肉放在他手上。她的神情、动作都显得老态龙钟了。

要在往常，格拉早对着牛肉下口了，但他这时只是呆呆地望着额席江。额席江张开不知什么时候掉了门牙的嘴笑了：

“你是看我老了吗？”

格拉这才咬了一口牛肉。

“我都当奶奶了，当了奶奶的人能不老吗？”额席江一半是认命，一半是心满意足地笑了。

格拉这一口下得更大，大得把自己都噎住了，但他鼓圆双眼，伸长青筋毕现的脖子，一使劲，把哽在喉咙里的牛肉囫囵地吞下去了。就在一夜之间，额席江就从一个壮健的妇人变成老太婆了。这在机村是一个普遍的现象。一个壮年的男人或女人，因为一件什么事情，突然就变成一个老头或老奶奶。老头抽着呛人的烟袋，一口一口往墙角吐着痰。一个厉害的健妇，挺直的腰背一下佝偻下去，锐利明亮的眼睛也浑浊暗淡了。一代又一代的机村人，好像都是这样老去的。只是面对额席江，少年人第一次发现了这样一个让他感到有些震惊的事实。但他的注意力很快就转移到了手里这一大块熟牛肉上。牛肉是隔夜就煮好的，上面带着一汪汪透明的胶冻，这是浓浓的汤汁凝成的。格拉一面往家走，一面吸溜着这些胶冻。这些胶状物在他嘴里化开，带着让人感到幸福的浓厚的牛肉与香料味道。

也正因为有了这些胶冻，格拉才没有在路上就把牛肉吃光。他母亲也才分享到了这份幸福。

三

这么一大块牛肉留下来的幸福回忆，足以促使格拉每天数次经过那个树篱围起来的院落。终于等到有一天，额席江出现在院子里了。

她安然地坐在金黄的干麦草上，怀里抱着那个婴儿。老奶奶摇晃着身子，把自己变成一个晃动不已的摇篮，摇篮里是那个幸福无边的婴儿。老太婆抬起头来，她的眼睛终于从婴儿身上离开了，落在了格拉身上。格拉露出讨好的笑容，但老奶奶的眼光又收回去，落在了婴儿身上。她从怀里掏出一小块酥油，掐下一点，放在嘴里润化了，一点点涂抹在婴儿的额头上。她一边涂抹，一边从嘴里发出些音节含混，表示无限怜爱的声音："哦哦，啧啧，呵，呵呵。"

格拉推开树篱门走进院子，走到额席江身边。老奶奶嘴里还在哼哼不已。格拉的眼睛落在了她随手放在身边的那一块酥油上。酥油正在阳光下融化，洇湿了一小片干草，油润的干草散发出特别的香味。格拉出手很快，等老奶奶再来掐酥油的时候，他已经用舌头把那一小块东西，在口腔里翻搅了好几圈，然后一伸细长的脖子，咕噜一声吞到了胃里。

老奶奶再来掐酥油，只是伸过一只手来，眼光仍然落在额头油光铮亮、眼睛骨碌碌转动的婴儿脸上。

老奶奶自言自语说："奇怪，酥油不见了。"

这时格拉已经矮着身子蹿回树篱外了。

格拉含不住满口油香，咯咯地笑了。老奶奶耳背，没有听见孩子的笑声。但笑声却惊起了站在树篱上的一只老鸹。老鸹呜哇一声，呼呼地扇动着翅膀飞走了。老奶奶对婴儿说："哦，酥油被老鸹偷走了。"

格拉再次走进院子，老奶奶又对格拉说："老鸹把酥油偷走了。"

老奶奶又对他说："来，看看我们家的小兔子。"

格拉伸出手，指头刚刚挨到婴儿那涂满酥油的额头，便飞快地像被火烫着了一样缩回来。他从来没有接触过如此光滑、如此细腻的东西。生活是粗糙的，但生活的某一个地方，却存在着这样细腻得不可思议的东西，让这个四岁小孩习惯了粗糙接触的手指被如此陌生的触感吓了一跳。

老奶奶笑了，把格拉的一个指头拉过来，塞到婴儿手边，婴儿那光滑细腻的手把这根手指紧紧抓住了。格拉不知道一个婴儿的手，还有这样紧握的力量，还带着这样的温暖。他不习惯这样的柔滑与温软。一用力，把自己的手指挣了出来。婴儿哭了起来。婴儿的哭声像一只小猫在凄然叫唤。

“快把手给他，看我们家的兔子他有多喜欢你。”

格拉是个野孩子，架不住让人这么喜欢，一溜烟跑开了。

这个冬天，还有接下来的春天、夏天和秋天，他再没有跨进过这个院子。再次走进这个院子，已经是下一个冬天快要过完的时候了。过了又一个冬天，格拉又长大了一岁。

和往常一样，经过恩波家时，格拉眼望着院子，不觉加快了步子。还好，他告诉自己，老奶奶不在院子里，刚跌跌撞撞走路不久的兔子也不在院子里。他松了一口气，刚放缓步子，脚就碰到了一个什么柔软的东西。脚像被火烫了一样缩了回来。兔子坐在地上，张着嘴向他傻笑。他刚想抬腿溜掉，老奶奶像从地底冒出来一样出现在院子里，一脸警觉：“你这个野孩子，不能领着我家兔子到处乱跑。”

这下，轮到格拉也像兔子一样，张大了嘴巴露出一脸傻相。一个刚刚学会走路的孩子怎么可能跟着他这么一个野孩子四处乱跑？村里又有哪一家的大人会让自己家的孩子跟一个野种四处乱跑？

老奶奶很快换上了一脸慈祥的笑容："好了，别发愣了，把弟弟从外面带回来。"

兔子先伸出小手，格拉犹犹疑疑地握住了。这手还是很柔软，但没有第一次接触时那么柔软了，更重要的是，这手不再像前次那样温暖，而是一派冰凉。格拉听见自己喉咙里发出了比那小手更为柔软的声音："来吧，弟弟，来吧，兔子弟弟。"

这天，在恩波家的院子里，老奶奶给了他一小块乳酪。

春天很快就来了，很快，春天又过去了。到夏天的时候，格拉真是觉得兔子是自己的弟弟了。兔子长得很快，跟着格拉满村子跑。第一次，格拉带着兔子出那院子时，老奶奶惊叫一声："格拉！你怎么能带兔子去那么远的地方？"

格拉带着兔子快快地往回走。

老奶奶却又收起了脸上惊诧的表情，挥挥手，说："去吧，去吧。"

走出院子就进了村。穿过一段曲里拐弯的巷子，经过两三家人的篱墙，天地豁然开朗，就是村中广场了。格拉的家，是依着生产队仓库厚墙搭出来的两间偏房，门正对着广场，不像别的人家有楼、有院子，也没有白桦木桦子竖起来，用柳条结结实实扎紧的树篱。将近中午，村子里非常安静，牛羊上山，大人们下地了，只有桑丹无所事事地倚在门口，慵懒地、迷人地坐在门口的太阳底下。看到格拉手中牵着兔子，桑丹的眼睛一下就亮了，尽管这样，她也只是懒懒地招了招手。格拉把兔子带到母亲跟前。桑丹抱着兔子就亲吻起来，嘴里同时发出了惬意的哼哼。她说："哦，让我看看，这么小的娃娃，哦让我亲亲，小小的娃娃。"

亲完了，桑丹脸上又浮现出慵倦的神情，挥挥手："哦，格拉，把这个娃娃带走吧。"

格拉问母亲："阿妈，大人们都下地了，你怎么不去劳动呢？"

桑丹定定地看着儿子，眼里慢慢浮起迷茫的神色，好像这是一个她自己也无法回答的深奥至极的问题。这是格拉第一次问自己的母亲这样的问题。这个问题藏在心里很久很久，这回终于脱口而出了。格拉知道，妈妈要是下地干活，村里人会对他娘俩更好一些，妈妈要是跟着村里人一样下地干活，就能从生产队分到更多的粮食，还能分到牛肉、羊肉与酥油。这些分配都是在仓库门口进行的，也就是在他们娘俩没有树篱遮掩的家门口进行的。生产队分给他们一些粮食，都是出于全村人的怜悯，如果还想分到肉，分到油，那就是这娘俩生出不该有的奢望了。

过了些日子，格拉带着兔子走得更远，到村子后面的山坡上，趴在森林边的草地上，吃早熟的野草莓了。两个孩子吃饱了草莓，格拉就问："兔子，跟格拉哥哥一起，好不好玩？"

兔子鼓着大眼睛，伸着细长的脖子，点了点头。

兔子一生下来，就长得很瘦弱。机村的孩子大多长得顽健，即便生下来很瘦弱，只要多吃东西，也就很快变得皮实强壮了。但兔子不行，稍吃多一点东西，就拉稀拉掉了。兔子时常都是病恹恹的，整天显得没精打采，说话也像个特别害羞的女孩子细声细气。

格拉又说："那我天天带你出来玩。"

兔子这才细声细气地说："我要格拉哥哥天天带我出来玩。"

兔子有些累了，两个人在草地上躺下来歇上一会儿。两个小人一躺下去，草棵便高出了他们的身子，在脑袋上方迎风摇晃。风的上面，是很深的天空，偶尔有片云缓缓飘过，像一堆洗净了又撕得蓬蓬松松的羊毛。摇摇摆摆的草棵上，有许多虫子在上上下下奔忙。蚂蚁急匆匆地，上到草梢顶端，无路可走了，伸出触手在虚空中徒然摸索一阵，又返身顺着草棵回到地上。背着漂亮硬壳的瓢虫爬得高了，一抖身子，多彩的硬壳变成轻盈的翅膀。从一棵草渡向另一棵草，从一丛花飘向另一丛花。草棵下面，有身子肥胖的蚂蚱，草棵上面则悬停着体态轻盈的蜻蜓。

格拉对兔子说："你闭上眼睛吧，闭上眼睛才能好好休息。"

"我想休息，可我不想闭上眼睛。"兔子额头上薄薄的皮肤皱起来，脸上显露出成人们常有的那种疑虑忧伤的神情，"但我累，我的心脏很累。大人都说我命不长。"兔子死去后，格拉总会想起兔子这天说话时成人般的神情。可兔子只是一个三岁的孩子，女人一样细声细气说话的孩子。从这一天起，兔子的成长就定形了，长成了一个有着一颗大人那样容易受累的心脏，脖子细长、双眼鱼一样鼓突的孩子。

一种很深的怜悯从内心深处泛起，那感觉升起来，升起来，冲到脑门那里，又折返向下，使格拉眼睛泛潮，鼻子发酸。他张开手掌，一边一只，把兔子的双眼罩起来，说："好朋友，你休息吧，这样也就像闭上了眼睛一样。"然后，他的口气从命令转向了乞求，"我们做好朋友吧。我没有朋友，你也没有朋友。”

兔子细声说道：“好，我们是朋友了。”

格拉自己感动起来了，他带着骄傲的神情领着兔子刚进村，便对倚在家门口的母亲喊道：“阿妈，我跟兔子弟弟是朋友了！”

桑丹抱起兔子，一阵猛烈地亲吻：“好啊，好啊，我家格拉有朋友了，有一个好弟弟了。”

兔子眼露惊惶的神情，拼命蹬着一双小脚，要逃出这个女人的怀抱。但他哪里挣脱得出来，于是，一张嘴，放声哭了起来。这个太阳穴上总有暗色的脉管在突突跳动的孩子，说话时细声细气，哭声却哇哇的，像只大嗓门的乌鸦。桑丹一松手，兔子从她怀里滑下来，还是格拉眼明手快，抢先把兔子扶住了，他才没有摔倒在地上。他太阳穴上的脉管跳动得更剧烈了，好像就要冲破菲薄而又透明的皮肤，格拉感到了害怕，说话也带上了悲声：“求求你，不要哭，不要哭了，你要是不想害死我们,你就不要哭了。”孩子慢慢收住了哭声，抽抽搭搭时，更有这口气下去，下口气不一定能上来的感觉。那蓝色的脉管鼓突得更高了，蜷曲在他苍白的皮肤上，像条令人恶心的虫子。孩子每艰难地抽咽一下，那条虫子就蠕动一下，每一下，都像是要从那薄薄的皮肤底下拱出来了。格拉这回是真的害怕了。要是这条虫子拱破皮肤，那就一切都完了。他腿一软，跪在了地上，双手捧着孩子的脸，一边哀求着，一边不断用嘴亲吻着那条虫子。而这时，他那宝贝母亲却一个劲地傻笑着。

兔子终于平静下来，桑丹从屋子里搜罗出一切可以填进孩子嘴里的东西，把兔子的嘴巴塞得满满当当。桑丹放声大笑，兔子也跟着咯咯发笑。但格拉只感到身子发软，背靠在墙上一动不动。他只觉得这个脆弱的孩子令他害怕。他不要再招惹兔子了。

大人们从地里收工回来，兔子还没有回家。额席江奶奶靠着墙根睡着了。恩波把她摇醒，老奶奶脸上露出惊惶的神情："孩子，孩子呢？"

然后，兔子的父亲恩波，母亲勒尔金措，舅爷江村贡布都扑出了院子，急急地出现在广场上。勒尔金措呼唤兔子的声音，就像这个孩子已经死去，亲人正在叫魂一样。很快，这个寻找孩子的队伍又加入了兔子的表姐、表哥。桑丹抱着兔子从屋里出来，她对着迎面向他跑来的这家人开心地笑着说："以后你们大人下地，就把他放在我们家，这个小娃娃太好玩了。"

她没有得到回答，孩子却被人劈手抢了过去。

然后，一大家子人簇拥着那个瘦弱的娃娃离开了。黄昏降临了，村庄上空炊烟低低地弥散。桑丹一个人孤独地站在广场上。有轻轻的风吹起，把一些细细的尘土，从广场这边吹到那一边，又从那一边吹到这一边。

空中的晚霞格外灿烂。

桑丹回到屋子里，脸上还带着意犹未尽的笑容。她欢快地叫道："格拉，明天你早点领兔子来我们家。"

格拉没有说话。

桑丹拿出烙好的饼，盛一碗茶："好儿子，吃饭了。"

"阿妈你不要烦我，我不想吃。"

桑丹自己吃起来，吃得比平常都要香甜好多。其间，她一直都在说，那个娃娃真是太好玩了，太好玩了。格拉告诫自己，不能讨厌傻乎乎的母亲。但这样一个没心没肺，看不出别人神情中山高与水低的母亲，又确实是让自己的独生儿子感到讨厌的。但格拉知道，从来到这个世上的那一天，自己就注定要与这个全机村的人都看低看贱的女人相依为命。所以，他在忍无可忍的时候，也只是说："阿妈，你好好吃饭，不要再说别人家的事情了。"

桑丹正鼓着腮帮嚼着一大块饼，听到儿子的话，她加速咀嚼，然后鼓着她那双好看却又迷茫的眼睛，一伸颈子把饼咽了下去。她张开嘴，想要说话，却打了一个很响的嗝。一团热乎乎酸溜溜的气息朝格拉扑面而来，差点就让他呕吐了。格拉生于贫贱肮脏的环境，却对各种气味有天生的敏感。这种敏感，让他对桑丹身上的一些气味，对于机村的许多种气味，都感到难以下咽——这些气味常常让他恶心不已，他常常在背人的地方哇哇地呕吐。

兔子的奶奶见过他这种莫名的呕吐，叹着气对人说，这种娃娃从来命不长。她说，这种娃娃在别的地方就是天承异禀。“可是，你们知道我们机村是什么吗？一个烂泥沼，你们见过烂泥沼里长出笔直的大树吗？没有，还是小树就在泥沼里腐烂了。知道吗？这就是眼下的机村。”没有人接老奶奶的话。没有人敢接这个话。

老奶奶的话跟工作组讲得不一样，跟报纸上讲得不一样，跟收音机里讲得也不一样。老奶奶的话引得一些更有资历与权威的人发出了叹息，他们说：“这样糊涂的老奶奶嘴里说出格言一样的话，不吉利呀！”

格拉母子从来不会听到机村的主流社会里流传的种种说法。他们只是活着而已，格拉只是时常莫名其妙地感到恶心而已。格拉只是时常克制着对桑丹不敬的想法，让她至少在家里，有一个母亲的大致模样。

现在，她对着格拉的脸，打了一个嗝，又打了一个嗝，一团团湿热的、酸腐的气息扑面而来，使他胃里十分难受。好在，她终于不打嗝了。那块饼终于落到了胃的底部，她终于说话了，脸上带着十足的天真："但那个娃娃确实好玩啊！"

格拉无话可说，只是无可奈何地叫了一声："阿妈，我不想说话，我难受，我要吐了。"

这个没心没肺的女人，翻了翻眼睛，说："那你就吐吧，吐出来就舒服了。"

格拉奔到门外，弯着腰，大声地干呕几下，一股酸水涌了上来，涌到半途又退回到胃里，退回到身体的深处，继续在那里涌动着咬啮着什么。格拉的泪水涌了上来，为了不让泪水流下来，他仰起脸看天，天上的星星因此晕化出来了水汪汪的不确定的明亮镶边。

格拉无助地倚靠在门框上，看着满眼星光转动，母亲依然在背后的火塘边往嘴里填充着食物。这个女人真是天定了该生在饥饿年代的尤物，有食物的时候，她可以一直不知疲倦没有饱觉地吃下去，没有食物的时候，两三天粒粮不进，她连人需要吃饭都想不起来。格拉在母亲的咀嚼声里，听见自己在心里默默地说："我觉得难受，我要死了。"

他这样在心里念叨，而且因为这念叨感到了些许快感的时候，整个村庄在星光下寂静无声，一幢幢石头寨楼，黑黢黢地耸立在夜色里。

格拉知道，自己这种莫名的悲伤在机村是不可能得到回应的。现在，他觉得自己恨这个村庄。他恨自己的母亲，远山远水地从不知道的什么地方流浪而来，突然出现在村人们面前，把他生下来，生在这样一个冷漠的村庄。他想问问母亲，她从哪里来，也许在那里，人们的表情和蔼生动，就像春暖花开一样，那里，才是他所不知道的故乡。夏夜里，羊皮褥子暖烘烘的，他躺在底下，像一个濒死的老人，想：我就要死在机村这个异乡了。

格拉睡着了。直到睡着以后，这个克制的娃娃，眼角的两颗泪水才盈盈地滑落下来，落到了枕上。然后，他真的梦见了春暖花开，梦见一片片的花，黄色的报春，蓝色的龙胆与鸢尾，红色的点地梅。他奔向那片花海，因为花海中央站着他公主一样高贵，艳丽的裙裾飘飞，目光像湖水一样幽深的母亲桑丹。但他只感到眼前一片强光闪过，桑丹一声尖叫，他醒了。他踢蹬着双腿被人揪着胸口举在半空里，手电筒的强光直直地照着他的双眼。

强光后面，是一个咬牙切齿的声音："小杂种，你干的好事，你干的好事。”

小杂种，

小杂种，

小杂种，

小杂种！

小杂种！

格拉清醒过来了，他听出来了，这是兔子父亲恩波，那个还俗和尚的声音。

他吓坏了：“我不是小杂种，是是，我是小杂种，叔叔把我放下来吧。”

但那个声音陡然一下提高了很多：“我要杀了你！”

格拉的耳膜被这一声怒吼震得嗡嗡作响，却听见一声更加歇斯底里的叫声：“不！”然后，桑丹像一只发狂的母狮扑了上来，把拎着格拉的人和格拉一起，重重地扑到了地上。手电筒滚到一边，照亮了很多条人腿，然后，母亲哭号着把格拉的脑袋搂到了自己的怀里，格拉感到了母亲柔软的乳房：“我的儿子，格拉，是你吗？我的好儿子。”

格拉靠在母亲的怀里：“阿妈，我在，我在这里。”

又一支手电筒打开了，射向躺在地上的这一对母子，和那个狂怒的气喘吁吁的还俗和尚。

“谁也不准动我的儿子！”桑丹歇斯底里地大叫，但人们看着她被手电光照亮的裸露的胸脯，哄然大笑起来。格拉仍然惊魂未定，紧紧地靠在母亲的怀里。但母子俩还是被那些人强行分开了。

四

这个夜晚，一轮大大的满月高挂在天上，朦胧的山影站在远处。这个夜晚，一向平静的机村疯狂了。全村的男女老少都从睡梦中起来，站满了广场。一群成年男人狂暴地推搡着格拉这个小小的、惊慌失措的娃娃往村外走，手电吐出的光柱左右晃动，刺穿黑夜，还有人在明亮的月光下燃起了火把。

格拉跌跌撞撞地走着，脚步稍微慢一点，就有横蛮的手掌重重地推在他背上。他不时跌倒，很快就被人提着领口从地上拎起来："小杂种，快走！"

很多声音从身后杂沓而起，都是有关他的各种称谓，小害人虫，小爬虫，小坏蛋，小魔鬼，从人们口中吐出来，在他头顶上炸响。格拉眼前晃动着一张张机村人的脸，先是一批比自己大一些的男孩子：柯基家的阿嘎、汪钦兄弟，大嗓门洛吾东珠的儿子兔嘴齐米。当然，还有他们担任着村里各种领导职务的父兄的声音。那么多狂暴的声音，那么多又狠又重的手，将他推向村外的野地里。格拉突然想到了前些天公社电影队来放的一部电影，一个长胡子的坏蛋，就是这样被愤怒的人群推向了村子的外面，被从“肉体上消灭了”。他一转身，抱住了最为愤怒的兔子父亲的腿：“阿妈呢？阿妈桑丹你快来救我！”

但他没有听到母亲的声音。

人群中爆发出一阵冷酷的哄笑，恩波劈手把这娃娃提了起来：“没有人杀你，小兔崽子。你说，白天你带我们家兔子去了什么地方？”

格拉这才晓得，现在兔子正躺在自己的小床上抽搐着胡话不已，说是有一个花仙子告诉他人间太苦，要带他到天上去了。小兔子还说，自己本是从天上来的，现在想回美丽的天上去了。大人们一想，自然是那个有母无父的野孩子格拉把他带到野外，让什么花妖魅住了。

于是，全村人都为一条小生命而激动起来了。在这个破除迷信的年代，所有被破除的东西，却在这个月光皎洁的夜晚一下就复活了。一切的山妖水魅，一切的鬼神传说，都在这一刻轻而易举就复活了。那些积极分子、民兵、共青团员和生产队干部，这一刻，都沉浸在了乡村古老的气氛中，怀着对一个可怜的小娃娃的同情而疯狂了。恩波晃动着手电筒，那柱强光落向哪里，恩波就问："你们碰没碰过这花？说！大声点，狗东西，老子听不见！"

手电光柱笼罩住一簇风信子，格拉带着哭腔说："是。"

单瓣的、红的、白的风信子被一群脚践踏入泥中。

手电光柱笼罩住一棵野百合，格拉带着哭腔说："是。"

喇叭一样漂亮的仰向天空的百合被众人的脚践踏为花泥。

还有蒲公英，还有小杜鹃，还有花瓣美如丝绸的绿绒蒿，那些夏天原野上所有迎风招扬的美丽，都因为据说有一个魅人的花仙寄居而被践踏为泥了。

格拉哭了，他再次抱住了恩波的双腿："叔叔，告诉花仙，不要带兔子走，让花仙把我带走吧。"

恩波似乎有些不忍，但人们还在鼓噪，于是，他用力一抬腿，叫声"去"就把那缠人的娃娃甩开了，继续用纸符镇那可能被践入烂泥的花之魂了。后来，人们就像不知怎么就聚集起来一样，轰然一声又散开了。日后，不管格拉怎样回忆当时的情景，都觉得是这些人像鬼魅一样，轰然一下就散开了。剩下他一个人惊魂未定，浑身作痛，躺在村外被刻意践踏的草地上，火把的余烬渐渐熄灭，弥漫在空气中的烟火气散尽了。格拉躺在地上，四周无比寂静，这时的他真愿相信这个世界真有花妖。同时，他又知道，这样的美丽的神秘这个世界上根本不可能有。一个人都厌于居住的世界，神仙是不会居住的，妖精们既然能耐无穷，想必也不会愿意居住。

天上星汉流转，夜空深邃蔚蓝。世界上所有的地方都在同样美丽天空的笼罩之下，但为什么有的地方人们生活得安乐祥和，有的地方的人们却像一窝互相撕咬的狗？

格拉站起身来，吐掉嘴里的泥巴，骂道："杂种！"然后学着村里那些出身纯正的年轻人，那些当了基干民兵和共青团员的年轻人的样子，摇摇摆摆地往村里走去。走了一段，觉得自己走不出那种不可一世横行霸道的样子，又骂了自己一句："小杂种！"就回复到自己平常走路的样子了。

推开了机村那扇唯一永远不锁的门，吱呀一声，一方月光跟着溜进屋里。这屋子就是有人，也显得空空荡荡。现在，屋里没有人，更给人一种冷清空寂的感觉。格拉倒在墙角的羊皮垫子上，往另外那墙角看了一眼。团成一堆的被子像一个人缩着肩头坐在那里，本来，这时那团被子应该展开了，紧紧地裹在那个可怜女人的身上。看着母亲无论春夏秋冬都紧裹着被子的样子，格拉知道那是怕冷的样子，也只有在这个时候，格拉会心疼地觉着自己的母亲真是一个可怜的女人。

而在这个露气深重的夜晚，这个女人却不在屋里，她也受到了惊吓，在外面什么地方游荡去了。要是以往，格拉又要心疼了。但发生了今天这一连串的事情后，他的心变得麻木了。他只是觉得累，拉开被子盖上身子的同时就睡着了。早上醒来，那种麻木并没有稍稍减轻一点。

没有人烧茶，他自己拨开火塘里的灰烬，灰白的冷灰下露出几枚深红色的火炭，在上面搭上细柴，猛吹几口，火苗便蹿起来。格拉又往火塘里添上些粗柴，火塘里的火苗便呼呼抽动，屋子里茶香和糌粑的香气四处流溢。吃饱了东西，格拉喝着茶，等那一塘火慢慢燃尽，只剩下些通红的火炭，才用灰烬把这些火炭深埋起来。格拉直起腰出了门。他把门带过来，扣上铁丝绞成的搭扣，在锁眼里别上一根木棍，算是锁好了门，然后，便向村外走去。经过恩波家门外的栅栏时，看见屋顶上冒着淡淡的青烟，院子里没有人，苹果树上挂着亮晶晶的露珠。

格拉往前走，一些人家的女人正在挤奶。这些格拉都不是看见的。远远地看见有人，他就深深地垂下头去，为的是躲开别人投来的目光。但他听见了，在人手每一下用力的撸动下，新鲜的奶汁一股股猛烈地射入奶桶的声音。他还闻到了略带点腥味的甜蜜奶香。格拉从氤氲的奶香中穿过去，继续往前走。

格拉又走过一户人家，这家屋子旁边的自留地里种着蔓菁，地里没有花，但有几只早起的蜜蜂在嗡嗡地飞来飞去。格拉想到了蜜蜂们那排列整齐的干净房子，浅浅地笑了一下。

然后，他就来到围在几棵老柏树下的水泉边上了，水泉边上没有人，只有一汪冷冽的泉水轻轻地漾动在深重的树荫里，格拉感到凉气四起，便加快了步子。走过水泉，走出那丛老柏树深重的荫凉。这就算是走出机村了。一条大路在明亮的阳光下通向前面渐渐敞开，又渐渐深切的山谷。

格拉在毫无准备的情况下，离开机村出门远行了。这一天，他没有遇见一个人。所以，当走到中午，树上有一只鸟聒噪个不停时，他以为这鸟是在劝他回机村去，他才开口说："不，我不回去，我阿妈不在了，我要去找我的阿妈。"

说完这句话，他才清楚地意识到，确实，他阿妈从昨天晚上就不见了。于是，一行热泪从他脸上流了下来。

在下一个路口，格拉遇见了一条流浪狗，格拉又对这狗讲："机村不是我阿妈的家，所以也不是我的家，我阿妈回老家去了，我去找她，找到她，我也就找到老家了。"

那只流浪狗眼光茫然看了格拉一阵，脚步轻快地朝机村的方向跑去了。格拉叹了口气，又上路了，背朝着机村的方向。

五

恩波家的兔子病好了，又由他奶奶带到院子里，坐在苹果树下一小团阴凉里，这已经是格拉和他母亲同时从机村消失的好些天以后了。

机村这么小，但两个无所事事的人从机村消失，不再在村子里四处晃悠了，最初却不曾被任何一个人注意到。也许有人注意到了，却假装没有注意到。也许还有更多的人都注意到了，却没有吱声。消失就消失吧。这样两个有毛病的人，在机村就像是两面大镜子，大家都在这镜子里看见相互的毛病。

兔子的病好了以后，恩波，恩波的一家心里都有些沉甸甸的。恩波原是一个出家人，如果不是形势所迫，如今还会在庙里一心向佛。现在，庙已经被平毁，金妆的佛像也被摧毁了。毁佛的那一天，已经还俗的僧人最后一次被召回庙里，和那些还顽固地坚持在庙里的僧人一起站在庙前的广场上。大殿的墙拆掉了，金妆的如来佛像上扑满了尘土，现在雨水又落在上面，雨水越积越多，一道一道冲开尘土往下流，佛祖形如满月的脸上尽是纵横的沟壑了。

一个巨大的绳圈套在了佛祖的脖子上，长长的绳子交到了广场上这些还俗和未还俗的僧人们手上，有人手舞着小红旗，吹响了含在口中的哨子。这次，僧人们没有用力。已经脏污的佛像仍然坐在更加脏污的莲花座上。一个红衣的喇嘛被人从僧人队伍中拉了出来，戴上手铐，由民兵看管起来。吉普车前站着荷枪的士兵表情肃穆。

红旗再次挥动，口哨再次响起，僧人们闷闷地发一声喊，佛像脖子上的绳套拉紧了，僧人们再声嘶力竭地发一声喊，佛像摇晃几下，轰然倒下了。扬起的尘土，即便像蕴着火的烟，也很快被细雨浇灭了。摔烂的佛像露出了里面的泥，和粘着黄泥的草。僧人们跌坐在雨水里，有了一个人带头，便全体没有出息地大哭起来。据说，被铐起来的那个喇嘛很气愤，气愤这些人这么没有出息。但这也仅是传言而已。因为以后，就没有谁再见过这个喇嘛了。

恩波每每想起那天的情景，心里就有些怪怪的感觉，特别是想起一群僧人在雨地里像女人一样哭泣，心里更是别扭得很。佛像倒下就倒下了，山崩地裂的事情并没有发生。作为僧人的恩波便在心里一天天死去，一个为俗世生存而努力的恩波一天天在成长。

但是，发生了那天晚上的事情，恩波心里那种别扭的感受又回来了。这种别扭的感受甚至让他觉得，下雨天，坐在湿冷的泥地上，像娘们一样，像死了亲娘老子一样，咧着嘴就哭，简直就是一件有些幸福的事情。

过去，大家都觉得，这来历不明的一母一子在机村，是一件好事。生活这么窘迫，有这两个可怜人做对照，日子就显得好过些了。人人都看不起这两个人，但是，从对待这两个人的方式上，机村也暗地里把人分出了高下。原来，恩波一家有两个还俗的僧人，还有一个善良的老妈妈，一个漂亮的勒尔金措，加上这家人从不欺负格拉母子，所以，用张洛桑的话说："这一家人好，在机村人心里那杆秤上，分量是很足的。"

听了这话的人都会说："瞧瞧，又拿他的宝贝东西来打比方了。"

对，张洛桑曾经是机村唯一一杆秤的主人。这杆秤曾经让他在机村享有很高的地位。但后来有了人民公社。人民公社做的第一件事情，就是建立了一个大仓库，并在仓库里挂上了一大一小两杆崭新的秤。张洛桑在机村的影响才日渐衰微了。但他还是常常用他的宝贝秤打比方。而对恩波一家的比方是机村人公认为最贴切准确的一个。

恩波知道再回到庙里已经不可能了，便力图把心里那杆秤弄得平平地过着自己的日子。但是，那天对格拉的狂暴使心里那杆秤不再那么平衡了。自己那样对待格拉那样一个小可怜，算是什么行为呢？

终于有人注意到，那个狂乱的招魂之夜后，格拉和他妈妈一起，都从机村毫无声息地消失了。机村那么小，机村的日子又那么了无生气。所以，一道谣言往往也像闪电一样，把晦暗的日子照亮，给平淡的日子增添一点生气。何况两个人的消失不是谣言，而是一个事件。从第一个发现者，到最后一个知道的人，最多也就不过半天时间。恩波心里那杆秤的一头坠下去，坠下去，最后，沉甸甸的秤砣重重地落在心底，震得腹腔生痛。

传言一遍遍在村里流转，流转时还绕着当事者打旋。人叽叽喳喳过去，又叽叽喳喳过来，像平地而起的旋风一样。这柱旋风就是不在当事者那里停顿。但恩波当然晓得，人们的议论都针对着他。人们眼光里的意味也越来越深长了。那眼光无非是说，是他这个大男子汉把一对贫弱无依的母子逼走了。恩波在人前有些抬不起头了。他一个人去了广场边上那两母子所住的小屋。门没有上锁。门扣上插着一根草棍。他伸出的手还没摸到门扣，草棍就从扣鼻中滑下来，掉在了地上。门开的时候，咿呀一声响，像一只猫被踩痛的叫唤。屋子里空空荡荡。火塘里灰烬是冷透了的灰白。回到家里，他长吁短叹。只有病弱的兔子依在他怀里的时候，他心里好过一些。他亲亲儿子，突然正色对妻子说："烙饼，多烙些饼，我要出门，也许是远门。"

舅舅说："去吧，佛的弟子要代众生受过。佛在尘世时，就代众生受过。"

恩波说："众生的罪过里也有我的罪过。"

妻子表情坚定地和面，烧热了鏊子，烙饼，一张又一张。直到上了床，女人的泪水才潸然而下，嘤嘤地伏在男人胸前哭了。哭完，又起身烙饼。

早晨天刚亮，他就背着一大褡裢的干饼子上路了。第一天，他走过了三个村庄。第二天，走过一个高山牧场。第三天，是一个满是汉人的伐木场。第五天头上，他就要走出这个县的边界了。边界是一条河，河上自然有一座桥，几个懒洋洋倚着桥栏的人把他拦住了。先是一个鸭舌帽扣得很低的人说："喂，那个人，站住。"

声音从帽子下面传出来，可能是冲他说的，因为除了他桥上没有别的行人，但他看不见那人的脸，所以也不敢断定话是冲他说的。他继续往前走。那几个懒洋洋的家伙一下子敏捷地冲了上来，眨眼之间，就把他的胳膊反扭到身后去了。褡裢掉到桥上，饼一个个从散开的袋口滚出来，在杉木桥板上滚得碌碌作响。受到惊吓的恩波一使劲挣扎，就从许多只手上挣脱出来。他迈开结实的双腿向桥的另一头奔跑。身后，响起了清脆的钢铁的声音，他知道那是拉动枪栓的声音。恩波站住了，并且像电影里的敌人一样举起了双手。身后，传来一阵哄笑。笑声和着脚步声一阵风一样将他包围起来，一只有力的拳头重重地落在了他的鼻梁上，他沉重的身体摔倒在桥上。

许多张脸自上而下向他逼来，发出同一个声音："还跑不跑？"

他想说，不跑了。但鼻子里的血流出来，把他呛住了。这是第五天头上的事情。第十天，他回到了村子里。他突然推开家门，一家人抬头看他，脸上露出了吃惊的神情。他讪讪一笑，在火塘边坐下来。妻子问："饼吃完了？"

他说："他们把我拦住了，我没有证明，没有证明的人不准随便走动。"

老奶奶突然说：“那你的饼呢？”

“都滚到桥下，掉河里了。”

“你掉到河里了？”

“饼，饼子滚到河里了。”然后小声说，“聋子。”

老奶奶说：“你小时候走路就爱跌跤。”

以后，机村的男人都会开玩笑说，他妈的，我真想出趟远门。马上就有人接嘴说，狗屁，你没有证明。人群中便爆发出一阵大笑。只有恩波不笑。通常，开这种玩笑的时候，是在村供销社门口。所谓供销社，就是生产队仓库隔出一间来，对着小广场开出一个有两扇木门的窗口。掌柜是汉人杨麻子。杨麻子过去是个溜村串户的小货郎，到山里卖点针头线脑，收点药材皮毛。货郎担上总是挂着一把铁珠子铁框的算盘。他也是机村来历不明的人物之一。机村人只记得，那年他前脚到这个村子，后脚，解放军也来了。从此，一个人可以随意浪游世界的时代结束了。他就在这个村子里待下来，不走了。不想这一待已经是十几个年头了。

后来，公社要在机村建立一个供销社，要找一个会写字算账的人。村里的领导是属意于还俗喇嘛江村贡布的，但他并不愿意。有两个人出来竞争这个职位。先是有着全村唯一一杆秤的张洛桑。这在人们是意料之中的事情。接着杨麻子拿着当年那把铁算盘出现了。结果张洛桑败给了杨麻子。从此，每个月，杨麻子坐着村里的马车去一趟公社，回来，那个窗口的木门敞开了，女人们从那里买回茶叶、盐、一点针头线脑。男人们便席地坐成一圈，享用每人一月二两的配给酒。过去，村里人都是自家酿酒，如今粮食都交了公粮，集中到仓库里，一马车一马车拉走，拉回来的，就是每月一人二两白酒。这么一点酒，不等拿回家，就让男人们围坐在广场上喝得一干二净了。恩波这个还俗僧人，既然结婚破了色戒，喝点酒解闷开心也是自然而然的事情了。恩波几口酒下肚，就满脸通红，那双剑眉下澄明有神的眼睛不一会儿就布满血丝，露出恶狠狠的光芒，不再像个佛家弟子了。开初人们都害怕他这种眼光。但他也无非语无伦次地说些醉话，露出些不明所以的傻笑而已。

这天正是每月里那个喝酒的日子，打到酒的男人们一个个在广场上坐下来，很快就围成了一个大大的圈子。酒倒进一只画着天安门的搪瓷缸子里，一圈下来，缸子里的酒就见底了。机村不大，二十多户人家，也就是那么三四十缸子酒。很多人喝到后来都是意犹未尽的样子。但对恩波来说，有十多口酒下肚，他已经醉了。上手的张洛桑把缸子传到他手上时，提醒他说：“少喝点吧，反正都醉了。”但他又露出了一脸傻笑，仍然是深深的一大口。

张洛桑就说：“妈的，醉都醉了，也不晓得少喝一口！”

恩波这段时间心情不爽，便收敛了笑容说：“你少说一句，我就少喝一口。”

张洛桑劈手就把恩波的领口封住了，恩波也抬手封住了对方的领口。

下一圈酒转回来，两个人还坐在那里，咬牙较劲，表面上看纹丝不动，屁股却在泥地上蹭出一个小坑。酒一停转，大家才发现这两个人较上劲了。但是没有人来劝阻，要是两个人真想打上一架，劝阻是没有什么用处的。如果不想真打，那就更没有必要劝阻了。两个人就那样较着劲僵在了那里。还是出来续酒的杨麻子说：“算了，算了。喝酒，喝酒。喝酒是高兴的事情嘛。”

杨麻子是汉人，藏语带着奇怪的口音，这种口音是机村人经常性的玩笑题材之一。

张洛桑大着舌头学着他说：“算了，算了。”

恩波也夹着舌头说：“喝酒，喝酒。”

两个人一起放声大笑，同时松开了对方。

杨麻子说：“对了嘛，对了嘛，这样子就对了嘛。”

恩波突然瞪圆了双眼：“麻子，你为什么不滚回你的老家去，嗯？”

麻子正用酒提往碗里续酒，听了这话，他的手僵住了。刚才还喧嚷不已的人们一下子安静下来。麻子脸上的肌肉抽动几下，迅即又恢复了平静。他又往下续酒，嘴唇还抖抖索索地说：“二十八斤了。不，不，是二十八斤半了。乡亲们，二十八斤半了。”

恩波知道自己又说了错话了。总体来说，机村还是一个好客的村子，不然，机村就不会有这么些来历不明的人。

杨麻子还在斟酒：“二十九斤，二十九斤半了。”

但大家还是不说话，各种各样奇怪的眼神紧紧逼视着那个说了错话的人。恩波感到自己的脑袋都快要炸开了。要是人们再这样紧盯着他，再不开口说话，他整个人都要炸开了。其实，那句话才出口半句，他就已经后悔了，但话还是出口了，内心里有个魔鬼把他牢牢控制住了。

终于，有人发出了声音。

是张洛桑开口说话了：“今天机村的男人都在这里了，我要问一句话。是不是机村再也容不下走投无路的人了？大家晓得，我的父亲也是汉人，也是像杨麻子一样走到村子里就不想再走的货郎。”

大家都说，不，不，再说你的父亲还给我们带来了机村很长历史上一直是唯一的一杆秤。

“可是，有人把桑丹母子逼走了，现在又想把杨麻子逼走。”

大家都发出一致的声音：噢——

那意思是说，这话有些过分了。就在这个时候，一阵风起来，卷起了广场上的草屑与尘土，人们慌忙弯腰，伸手，做出掩住酒碗的动作，其实，只有一个人手上真正端着酒碗。大家都喝得有一些酒意了。风过之后，大家都为这个下意识的动作哄笑起来。突然砰然一声响亮，原来，是久不住人的桑丹家的木门自己脱离了门框，倒下了。

倒地的门扇起一阵风，吹起一点尘土和草屑，使人们又想起了离开机村已久的格拉母子。想起这对母子，大家的视线又集中到了恩波身上。恩波真想张大了嘴痛哭一场。能够眼泪一把、鼻涕一把地痛哭一场，那是多么痛快的一件事情啊！但这除了徒然惹人耻笑之外，又有什么作用呢？酒碗传到他手上，他一仰脖子把刚斟满的一碗酒，全部灌进了嘴里。可是不等酒全部落下肚里，恩波就像一只立不稳的口袋一样倒在了地上。

恩波一倒地，人们埋怨的对象没有了，又有人想起了那扇莫名其妙倒地的门。这时天已黄昏，太阳一落山，傍晚的风中便有阵阵的寒意起来。突然有人说：“有鬼吧？”

人们便觉得那寒意爬到背上了。

“这两母子死了？”

“他们的魂回来了？”

“呸！死了，魂还要回来？因为我们机村人对他们特别慈心仁爱吗？”

天慢慢黑下来。西北方靠着阿吾塔毗雪山的天上出现一片绯红明亮的晚霞，但在这山谷中的低处，夜色水一样由低到高掩了上来，把环坐在广场上的人们的身子掩入了黑暗，只有仰天向上的脸，还被远处霞光的一点光亮照着。酒还在一圈圈传递着，那带着强烈辛辣的液体无法抵抗住随夜色一起升起来的寒意。何况这个时候还有人说起了鬼魂。鬼魂没有形体，至少人们从来没有见过鬼魂是个什么样的形体，但这会儿在广场上喝酒的这些男人却分明感到了它。这东西，它没有形体，有的是冰凉的爪子，随着寒意一起从每个人的背上慢慢升上来。

杨麻子把最后一提酒斟到酒碗里，很响地落上了供销社窗户上的铺板。然后，他把一双手背在身后，人们就听着他手里那串钥匙叮叮咚咚地响着走远了。

张洛桑狠狠往地上唾了一口：“各位，回家去吧，酒没有了，妈的，这身子，酒也暖不过来了。”

这时，机村的男人们一个个身子异常沉重，像浸饱了水的木头。人们一个个撑起沉重的身子，习惯性地望一望阿吾塔毗雪山后面正烧成黑色的红霞，摇摇晃晃地回家去了。

张洛桑踹踹躺在地上的恩波：“小子，起来，回家去了。”

但恩波昏睡不醒，张洛桑就说：“妈的，一点酒能醉成这样，也他妈是种福气。”他还想再说什么，但看见人们正在走散，没有人想听他说话，这样他说话也就没有什么意思了，他也就摇晃着身子回家去了。

恩波依然满身尘土，沉沉地睡在地上。

六

天将半夜，就在家里人开始担心的时候，恩波回家来了。

听到院子的栅门被推开，额席江老奶奶盯着儿媳叹了口气说：“酒醉的男人回家了，天哪，女人的命啊，先是等着丈夫回家，然后是等儿子，要是命再长一些，也许还要等着孙子回家。”

躺在奶奶怀里的兔子抬起头来：“不，我不会喝酒，我不让奶奶、妈妈和我的老婆在家里等我。”

奶奶爱怜地揉揉孙子的头发：“哦，好孩子，你说你不喝酒，除非你不再长大。只要你要长大，你就会的，那是男人的命。”

勒尔金措说：“哦，妈妈，不要对孩子说这些。”

这时，那个男人沉重的脚步响着上楼来了，但奶奶还是说："不要教训我，不要教训我，他们男人有自己的命运，就像我们这些可怜的女人也有自己的命运一样。记住，这些男人跟我们一样可怜。"

这时，一直对这些议论充耳不闻，只是专心捻动手中念珠的江村贡布沉沉地呻吟了一声："哦！"一直耷拉着的眼皮也抬起来，他的眼光把大家的目光都引向了楼梯口。

那里，一张被尘土和自己的呕吐物弄得脏污的脸，一张无论多么脏污都掩不住苍白与惊恐的脸正从楼梯口那里升上来。他走到火塘边，把一股寒气也带到了大家中间。

他妻子的脸一下子变得比他更苍白了："亲爱的，发生什么可怕的事情了？"

"对不起，舅舅，我想信佛不信鬼，但我确实看见鬼了。"

"哦，恩波。"

"我确实看到鬼了。"

"什么？"

"格拉走了，和他那弱智母亲四处流浪。"

"孩子，每个人都有自己的命运，也许流浪就是他们的命运。"

"可是，"恩波很费劲地抬起双手，捂住脸，泪水从指缝间涌出来，"可是，他们死在流浪路上了，他们没有食物，没有暖和的衣服，不友好的村庄会放狗追咬他们，孩子们会跟在他们身后起哄，扔石头，他们没有证明，连四处流浪的权力都没有。他们死在路上，无处可去的鬼魂只好回机村来了。”

“他们……你是说，桑丹和格拉，他们真回来了？”

“回来了，他们的鬼魂回来了。”

“桑丹和格拉的鬼魂像什么样子？充满了怨艾还是……”

“亲爱的舅舅，我没有看见。”

“那你看见了什么？”

“火。”

“火？”

“火。是的，我们喝酒的时候，门自己倒下了。我心里难过，喝多了，酒醉醒来，看见他们家熄灭很久的火塘里燃起了火。”说完这句话，恩波深深地叹口气，掩在脸上的手慢慢垂下。他把乞怜的眼光转向大家。眼光每接触到另一个人的眼光，那深深的自责与恐惧就传达到每一个人心上。一家人泥塑般定着，敛声屏息，火塘里火苗伸伸缩缩，把每一个人的身影投放在墙上，放大，缩小，缩小，又放大。恐惧，像深夜的寒气一样，悄然爬上了背心。一家人就这样坐着，直到窗户上透进灰白的曙光。

江村贡布撑起身子，收拾起一罐牛奶，一坨茶砖，一小袋麦面：“如果真是鬼魂回来的话，鬼魂也是需要抚慰的。他们肯回到机村，说明他们在外面过得比在机村还要糟糕。”江村贡布看看脸色灰白的恩波：“亲爱的外甥，走吧，给那两个可怜的人念几句超生的经文。”

两个人下楼时，听见背后响起了女人的啜泣声。走出院门的时候，兔子也跟了上来。恩波让他回去。兔子不干。恩波叹了口气，伸出手，把儿子冰凉的小手牵起来，一家三代三个男人向村子中央走去。刚走了几步，隔着稀薄雾气，看见了桑丹隐约的身影。三个男人屏息跟了上去。隔着雾气，那身影隐隐约约，确有几分鬼气，但是，前面传来嚓嚓的脚步声，却又不该是一个鬼影发出来的。

三个男人跟着那个身影走进广场。

走到小屋跟前，桑丹站住了。三个男人也站住了。桑丹弯腰把那扇不推自倒的门竖起来，然后，才慢慢跨进屋去。屋子里黑洞洞的，从外面看不见她进去后做了些什么。恩波只是听到桑丹发出一声欢快的惊呼，然后，响起了格拉的哭声，再之后，桑丹的哭声也撕心裂肺般地响了起来。机村人看惯的是她永远灿烂、永远傻乎乎的笑容，这回，是第一次听见她的哭声。

“鬼。”恩波怕冷一样颤抖着。

“不是鬼，我知道是格拉哥哥回来了。”兔子说。

恩波的大手把兔子的嘴巴捂住了。

这时，屋子里的哭声也止住了，恩波的感觉是好像他在捂住了兔子嘴巴的同时，也捂住了那两个鬼魂的嘴巴。三个男人就那样站在早晨的雾里，倾听着屋子里的动静。哭声止住了，两个人开始喃喃地说话，就像怕讲不上话一样抢着说，说得都像是有些喘不上气来了。但任外面的人怎么竖起耳朵细听，都听不清他们到底在讲些什么。这对母子絮絮叨叨、争先恐后、含糊不清的说话声中，那口熄灭已久的火塘生起了火，越燃越大。这回，两张被火光照亮的脸真真切切地出现在恩波一家三个男人眼前。桑丹的脸平静而深情，双眼紧盯着儿子，脸上的泪水潸然而下。格拉欣喜的脸上笑容灿烂，也有两行泪潸然而下。

然后，桑丹又大放悲声了。

恩波双手合十：“佛祖啊，谢谢你的荫庇，让桑丹母子活着回来了。佛祖啊，洗清我的罪孽吧。”然后，泪水从他那双漂亮有神的眼睛里夺眶而出。

格拉也哭起来：“阿妈，你这么些年上哪里去了？”

这回屋外的人能听清楚屋里人说的话了。

“我害怕。儿子，我害怕。”

“我到处找你，可是到处都找不到你，才回来了。”

“我走了多少地方啊。我以为他们那些人把你杀死了，我害怕，我就到处走。但我已经无路可走了，就又回来了。想不到上天没有拿走我的儿子，上天把我的儿子还给了我。”

“上天也不会抢走我的阿妈，我到处找你找不到，自己也无路可去了，刚刚回来，睡了一觉，一睁开眼睛，阿妈就在眼前了。”

恩波显得很冲动，马上就想冲进屋子里去，但是，他刚一抬腿，就被江村贡布舅舅紧紧拉住了：“让他们幸福一会儿吧。”

江村贡布把茶、盐和麦面放在门边，拉着恩波和兔子悄悄退后，退到足够远的时候，才转过身来。这时，他们才赫然发现，差不多整个机村的人都集中到广场上来了，在湿漉漉的雾气中，静静地站着，甚至恩波的妈妈与老婆，都站在人群中间。当恩波转身过来时，勒尔金措把兔子紧紧地抱在怀里，嘤嘤地啜泣起来。

更多的女人发出了低低的啜泣。

村里每一户人家都带来了一点东西，同时也带来了他们歉疚的心情。他们悄悄地把带来的东西放在了门口，转身离开的时候，歉疚的感觉消失了一点，但没有完全消失，心里却生出一点莫名的温暖。人群散开的时候，雾气也慢慢散开了一些。太阳升上了天空，穿过雾气的阳光带着稀薄的温暖。

这天整个村子的人都迟迟没有下地，小学校上课的钟声也迟迟没有敲响，散开的人群都从不同的地方关注着同一个地方，就是那两间整个机村最低矮简陋的偏房。

雾气完全散尽了，母子俩也终于从屋子里出来了。机村的阳光在几百天以后，又一次流淌在他们身上，照亮了他们的脸庞。他们身上的衣服很破烂，但机村的水已经把他们的脸洗得干干净净。格拉长高了很多，瘦了许多的脸上有了一种坚定的，甚至有点凶狠的神情。桑丹还是那么漂亮，看着她脸上依然挂着灿烂的没心没肺的笑容，大家都有些怀疑刚才是不是真的听见她伤心的哭泣了。

当她看见堆在门旁的那么多东西：茶叶，盐，酥油，麦面，旧衣服，碗，柴刀……甚至还有一盒万金油，一匣火柴，一瓶煤油，一把门锁，立即发出一声惊喜的欢呼，人们又听到了她无忧无虑的银铃般的笑声。她欢笑着，一趟趟把这些东西搬回屋子里：“儿子，快来帮我啊！”

每搬一趟，她都对儿子叫上一声。但格拉慢慢坐在了门槛上，母亲每进出一次，他只是不情愿地倾侧一下身子。

他只从那堆东西里拿起了那把锁，他的目光第一次抬起来，扫视这个离开许久的村子。即便人们都离得远远的，被他目光扫到的人，都把目光避开了。整个村子都蹑手蹑脚，轻言细语，沉浸在一种赎罪的氛围中。

阳光不是很强烈，就那么暖洋洋地照耀着，把远处的群山罩在有点发蓝的、灰蒙蒙的光幕后面。阳光落在水上，水看上去变得有些黏稠了。阳光落在石头上，石头一动不动，好像正沉湎于自己的某种思想。阳光落在地上，甚至细细的尘土都一动不动，被风吹得累了，终于躺了下来，要好好休息一下。

机村那簇石头房子，顶上覆盖的灰白色木瓦，也被阳光照耀着，闪烁着沉着而坚硬的金属的光泽。好些年了，机村的上午从来没有被这样的静谧光顾过了。这样一个变动不安的年代里，这样直抵人内心，在人内心深处发出些特别声响的静谧真是好多好多年没有过了。所以，生产队长也不敢站在广场中央来，劈开嗓子大喊："出工了！"

来自外乡的小学老师也没有站出来敲响上课的钟声。

通过敞开的门，可以看见他们往碗里倒满了茶，居然还垂首静默片刻，才开始往茶里化上酥油，从火塘边拿起烤热的饼，一口热茶，一口面饼，慢慢吃了起来。在这个过程中间，两个人居然还不时抬头相视微笑，轻声交谈，吃着百家施舍的饭食，却是一派从容高贵的感觉。

整个机村都屏息等待着他们慢条斯理地吃完他们重回机村后的第一顿饭。等到他们收拾好吃食站起身来，先是桑丹走出了屋子。虽然没有人知道她的确切年纪，但她应该还很年轻，应该不到四十岁的年纪，而她原先乌黑的头发已经全部变白了。使人感到怪异的是，她的脸还是像一个姑娘的脸一样光洁而又红润。她走到门口，就像从来没有离开过一样不在意地往广场上打量一眼，就靠着墙坐下来，解开辫子梳头了。

格拉也走了出来，他吃力地把倒在地上的门板竖起来，慢慢挪动到门框里，想把它卡回门臼里去，但费了几次劲，都没有成功。他试了最后一次，细瘦的胳膊终于吃不住劲了，门扇又重新重重地倒在了地上。格拉自己也跟着躺在了门板上。这时，他看见村里的男人们围了上来。恩波伸出手，格拉也伸出手，恩波轻轻一使劲，就把他拉了起来。男人们笑了起来，恩波露出雪白的牙齿，没有笑出声来，格拉也露出了满口的白牙，慢慢咯咯地笑出声来。

男人们七手八脚，就装上了门板，恩波嘴里衔着几枚铁钉，光头在太阳下闪闪发光，挥动着锤子把一枚枚铁钉砸进门框，给这扇门装上了一副结实的铁扣。格拉就在一边静静地看着他。

他转过头来看见比自己儿子大不了多少的格拉，说："好了，不要傻看了，把锁拿来。"

格拉返身取来了锁。

"试试。"

格拉就把门锁上了。

听到落锁的声音，桑丹突然回过头来说："不用上锁，我们不走了。"

格拉打开了锁，也低声说："是，我们不走了。"

恩波张开宽大的手掌，把格拉尖尖的头顶罩住了，嘴唇嚅动几下，艰难地开口了："孩子……"

格拉却低低地欢叫一声，跑开了。因为他看见兔子打开了他们家院子的栅栏门，朝这边走了过来。格拉迎着跑了上去，把依然伸着细长脖子，额头上蓝色脉管突突地跳个不停的兔子拦腰抱了起来。然后，两个孩子都咯咯地笑了起来。

恩波笑了，广场上的人们都笑了。生产队长这才放开嗓子大喊一声："上工了！"

小学校清脆明亮的钟声也敲响了。

人们都四散而去，只有桑丹还坐在那里，梳她一头雪白晶莹的头发。

江村贡布最后一个离开广场。这个还俗喇嘛拿着锄头像拿着禅杖，静静地站在那里，看着桑丹细细地梳完最后一绺白发，抬起那张永远年轻的脸对他粲然一笑，才转过身，往村西的地头走去。太阳从背后照过来，江村贡布看见自己仗锄的影子走在自己的前面，说："妖孽。"

他又跟着影子走出一段，回过头去看见白发晶莹的桑丹还在目送着他，又说："生逢浊世，天生妖孽。"

七

格拉母子在前年的夏天离开，第二年夏天，没有回来，第三年夏天快要到来的时候，他们回来了。

他们不在的差不多两年时间里，机村的日子虽然一如往常，但给人的感觉是变得缓慢了。特别是对恩波一家，事实更是如此。如果你不去感觉，日子依然白天黑夜地转换，但你一去感觉它，它就突然咯噔一下，像一台运转中的机器，被什么东西卡住了一样。黄昏时分，恩波一想到突然消失的桑丹母子两个，心里就会这么咯噔一下难过起来，这种说不出的难过弥漫在黄昏时分淡蓝色的山岚里，弥漫在灰蒙蒙的村庄上。日子就像一条绳子套住的腿一样，再也不肯前进了。

格拉母子回来了，恩波家笼罩在一派节日的气氛里。他们备好了从别人家用两斗粮食换来的一坛酒，锅里煮好了肉，肉汤里烹煮的豌豆和觉玛发出诱人的香气。肉煮熟了，额席江把切成大块的肉垛在盘子里，嘘嘘地往手上吹着凉气，眉开眼笑地吩咐："该去请我们的客人了。"

恩波两口子走到楼梯口，兔子叫起来："我也要去，我要去请格拉哥哥。"

勒尔金措有些担心地看着丈夫，恩波痛快地一招手，说："来吧，来吧，就是因为你把人家吓走的，你去把他们请回来吧。"兔子一声欢呼，跑到父亲跟前。父亲一下就把儿子提起来，架在了肩头上。兔子先是发出了一声惊叫，随即又咯咯地笑了。

一家人穿过广场，快走到格拉家门口时，兔子在他父亲肩头上挣扎一下，恩波就把他放了下来。

那扇新修好的门关着，门板的缝隙里，透出通红的火光。恩波抬手准备叩门，看到妻子与儿子都躲到他身后去了。他心里暖暖的，冲他的亲人们笑笑，笃笃地敲门了。

桑丹前来应门，火塘里的火苗欢笑一般呼呼抽动着，通红的火光照亮了门前这个光头宽脸的男人。这个男人想说什么，却没有说出来，只是咕噜一声咽了口唾沫。桑丹脸上显出惊恐的神情。这个男人又咽了一口唾沫，还是什么都没有说出来。

但桑丹脸上已迅速换上了惊喜的神情，她欢叫一声：“格拉，有邻居来看我们了。”话音未落，她的吻就落在了恩波脸上。恩波还没回过神，她的吻又依次落到了恩波家每一个人的脸上。恩波有些尴尬，擦了一把脸上并不存在的口水。这时，桑丹已经吻到了最后一个，吻到兔子那里了。她弯下腰，抖索着嘴唇，去够矮小的脸色苍白的孩子。她的嘴唇就要碰到孩子额头了，兔子怯怯一笑，躲开了。桑丹再次去够，兔子又让她扑了个空。

额席江拉住了她：“桑丹啦，孩子害怕，算了吧。”

兔子看着走出屋门的格拉笑了，桑丹的脸上却布满了害怕的神情，她喃喃地说：“害怕，他害怕什么？他是害怕我吗？”

说话间，她的身体就有些摇晃了，恩波一家人看见这情形，都僵站在原地，失去了反应。还是格拉上前来把母亲扶住了，说：“阿妈，你不要害怕，没有人需要害怕我们，你也不要担心别人害怕我们。”

格拉这个孩子的声音沙哑，沉闷，甚至有点凶狠，非常接近成人的嗓音。这声音，对桑丹很有抚慰作用，她的脸色又变得正常了：“儿子，快请客人到家里坐吧。”

格拉眼光凶狠地瞪着恩波：“阿妈，我们家又破又小，没有人想去坐的，那只是配我们这样的人待的地方。”

恩波这才走到了格拉面前，他的眼光里混合着恼怒与羞惭：“格拉，格拉妈妈，你们回来，我，还有我们一家都太高兴了，我们就是害怕你们不再回来了，害怕永远也不晓得你们两个去了什么地方。以前的事情，都是我的不对，我们一家专门赔礼来了。”

说完这句话，恩波像一个卸下重负的人，长长地叹了口气,眼里的神情又和缓下来。他伸出手抚摸着格拉的脑袋，嗓音也有些沙哑了：“孩子，你们娘俩在路上肯定受过很多罪，我来赔礼了。”

恩波把腰深深地弯了下去，在他身后，他的一家几口，都把腰深深弯下去。当他们直起腰来时，格拉的气一下泄光了，红着眼圈站在那里，不知道该说什么或该干点什么了。

还是兔子磨磨蹭蹭地走到他跟前，怯怯地叫了一声：“格拉哥哥。”

格拉这个野孩子，眼中热泪终于夺眶而出，把兔子紧紧抱在了怀里。但当他去吻兔子时，兔子把脸别开了：“不，公社卫生院的医生说了，谁都不可以亲我。”

“兔子，医生把你的病看好了？”

“医生说，我没有病，就是身体不好，机村的人都不讲卫生，亲吻会把病传染给我。”

“兔子，你怎么没有长高？”

“我的身体不好，医生说等我身体好了，就可以长高。”

“那就快点长高吧。长高了跟人打架就不害怕。”

“我不打架，打累了对身体不好。”

格拉挺挺胸脯：“好，以后我帮你打。”

兔子咯咯地笑了，苍白的脸上浮起浅浅的红晕。

江村贡布挺挺胸脯：“呃，我说，现在该把客人请到家里去了吧。”

“对，对，”恩波做出恍然大悟的样子，“格拉，还有桑丹，家里做了一些吃的，你们务必要赏光啊！”

兔子已经拉着格拉走在前面了。

额席江走到桑丹面前，躬身，做了一个请的手势，桑丹也施施然回了礼。额席江伸出手来，但桑丹用手敛起衣服的下摆，躬躬身，示意主人走到前面，然后才挪动步子跟了上去。江村贡布和恩波夫妇三个人走到最后面。勒尔金措说：“她那衣服还用牵起来吗？下面的镶边都没有，连脚脖子都遮不住，不牵也不会拖到地上嘛。”

恩波皱了皱眉头：“人家爱牵就牵呗。”

勒尔金措意犹未尽：“命贱得像畜生，还摆贵妇的架子。”

江村贡布说："别说，这个女人，这做派，还真像是贵妇出身呢。"

走在前面的桑丹好像听到了这句话，她的身体抖索了一下，显出立即就要委顿下来的样子，但她只是稍稍住了下脚，又挺直软下来的脖子，脸上浮出浅浅的笑容，提着并不需要提起的衣裾，施施然往前走了。

从此以后，机村就流传开一个说法：桑丹是一个逃亡中的贵族千金。同时，人们还注意到一个过去从来没有人注意过的细节，这个女人身上有一个包是从不离身的。人们想起来，她刚到机村的时候，这个包的四周是柔软的麂皮，中间是五彩的锦缎。但今天，皮子上的颜色磨掉了，锦缎也褪尽了色彩，整个包都变成了土灰色，有个角上还打上了蓝布补丁。人们都说，那个包里尽是上等的珠宝。不止一个人声称，看到过夜半三更的时候，那破房子的窗户上放射出了五彩的珍宝的光芒——是珍珠、玛瑙、珊瑚、猫眼石和海蓝宝石交织放出的光芒。

从此，桑丹再从人们面前走过，人们的眼睛就都落在这个包上了。

桑丹对此浑然不觉，依然那样脸上带着茫然的笑容，眼神空洞地施施然从人群中走过。只有少数几个过于好色的男人还能把眼睛停留在她漂亮的脸上，停留在她那好像从来没有黑过的光亮的白发上。其他人的眼睛，都落在那个包上了。

但没有人敢动这个包一根指头。

也不知道从哪张嘴里传出来的，说桑丹逃亡出来时，这些珠宝让巫师封过符咒，谁要敢动一根指头，这个指头就会得无名肿毒，最后齐根烂掉。

这年天气很奇怪。已经到了夜晚雨水淅沥，白天艳阳高照，四野里鲜花开放的时候了，但天空却让不知哪里来的有气无力的风吹成了土黄色的，每个人都感到脸、嘴和眼睛都硌满了尘土。细细的尘土从天上落下来，把整个日子变成了土黄色。机村的日子虽然过得贫困，天空却总是蓝的，空气总是新鲜的。现在空气却像是从陈年日子的缝隙里散发出来，有一股呛人的味道。

这一年，机村人全都患上了眼病。早上醒来，很多眼屎把眼皮紧紧粘住，要吐一点口水慢慢润开，才能睁开眼睛。出了门的人们互相看见，都发现对方眼里布满了血丝。每个人都在迎风流泪，每个人的眼角都开始溃烂。还是公社卫生院派发下来很多眼药水，人们的眼睛又突然之间好了。医生下乡来讲解说，要是在这样的天气里，戴上一种特别的眼镜，就可以不得这种眼病了。医生自己就戴着一副这样的眼镜。

人们排在这位把眼睛藏在玻璃镜片后面的医生面前等着领取眼药水的时候，发现桑丹就在旁边看着，脸上还是带着那没心没肺的笑容，那双眼睛还是那样清澈澄明，好像什么都看见了，又好像什么都没看见。于是，她那从来都莫名所以的笑容，好像都带上深意了。

后来，人们就把医生所讲，大家的眼病是前所未有的沙尘天气所致的话忘记了。都说，给珠宝包封咒的巫师法力太强了，人们只是多看了两眼，就都得了毛病。使大家更为忧心忡忡的是，知道一个人背着那么大一包珠宝，谁又能忍住不去多看两眼呢！

这个情况甚至郑重其事地反映到了生产队干部那里。现在机村是人民公社的一个生产大队，有党支部、团支部，有贫协，有民兵，每一个组织都有本村人出来充任干部。本村的群众把这种担心反映给本村变成干部的那些人，其实人家也一样为此而忧心忡忡。于是，人们去请教江村贡布喇嘛也就顺理成章了。村干部们也在等待有一个说法。

江村贡布端着喇嘛架子：“这个，新社会是反封建的，我已经不搞封建迷信了。”

恩波说：“乡亲们都为难呢，就替大家解解吧。”

“你没看见天上下沙子了吗？嘁，这是什么世道，天上都下下来沙尘了。尘土是地生的，现在天上也生出尘土了。”江村贡布愤愤地说，“看看这是什么世道吧。”

兔子突然说：“我问过格拉哥哥，他也不晓得里面有什么。”

“喊，那里面有什么，让他打开看看不就晓得了。”

这时，天上滚过低沉的雷声，山上的树在风中起伏，流淌其上的阳光忽明忽暗，像海上的波浪。

好像是雷声使恩波恍然大悟：“奇怪，格拉也没得眼病啊。”

江村贡布说：“要是他再生双娇气的眼睛，那在这个世上，他就没有办法活下去了。”

恩波平常是很通晓事理的，这回，却让要救民于水火的豪气给撑住了，气昂昂地说：“看就看，大不了瞎了我这双眼睛。”甩开大步穿过广场，朝倚门而望的格拉两母子走去。

又一阵子雷声中，大颗大颗的雨水落下来，砸在房顶上，砸在地上，溅起阵阵轻烟，就从这烟尘里，也可以看出，那十多天里，天上下下来了多少尘土。恩波撞开强劲雨脚朝前走，雨水一颗颗在他头顶噼噼啪啪迸散开来，好像他是传说中从水底升上来的野兽一样。雨脚越来越绵密，把广场这边的人们的视线遮断了，而在广场那一边，桑丹正睁大了眼睛，看着那个孔武的光头男人撞开雨帘，走了过来。

桑丹摇摇格拉的肩膀，手指着前方："看！"

格拉看见了，说："雨水把尘土味道洗干净了。"

桑丹说："看，那个人！"

格拉说："哦，是兔子的爸爸。"

桑丹还在赞叹："哦，天神哪，那个男人真是漂亮。"然后，桑丹向着雨中闯过来的那个男人张开了双臂，她的眼里闪动着令人目眩的神采，她自己也像是从上天降临下来的一样。但，就是这个动人的姿态，把那个男人吓住了。那个男人猛然一下止住了脚步，他停得那么猛，以至于站住后，身子还猛然摇晃了一下。他站住了，隔在一片雨帘的后面。雨水猛烈地落在他们之间，落在整个村子上面，洗去了尘土和尘土燥烈呛人的气味。

格拉说："阿妈，那是兔子的爸爸。"

桑丹只是喃喃地说："多么漂亮的男人，多么漂亮，你看他是多么漂亮。"

但她的神情恰恰使那个男人因为害怕而止步不前了。格拉奔跑过去，拉住了恩波的胳膊："叔叔，进屋里去躲躲雨吧。"

恩波说："不，我，我就不过去了。"

“那你来干什么？”格拉的眼里慢慢浮起了敌意，“那么多男人都来找她，你也是的吧？看，她已经在召唤你了，快去吧，你快去吧！”

“不，格拉，不是你想的那样。”

“看，你看看她的样子吧，你们不是都把她看成一条母狗吗？母狗的尾巴竖起来了，快去吧。”

恩波揪住了格拉的胸口，一下就把他提起来，举到跟自己一样高的地方，说：“你给我记住了，小子，你恩波叔叔跟那些男人不一样，你也不能这样说自己的母亲，就算她真是一条狗，也是你的母亲！”格拉细瘦的长腿蹬踢了两下，但一点用也没有，他还是给牢牢地举在空中，在鞭子一样抽打着的雨脚里。密密的雨、明亮的雨从高高的天上降落下来。

格拉看到恩波眼光由凶狠变得柔和，最后，恩波几乎是悄声说：“记住，不要学着别人的口吻说你的母亲。”

要不是雨水正迅速地小下来，格拉就不会听到这句话了。

格拉的心也软下来，说：“叔叔，你把我放下来吧。”

“我的话你记住了？”

“我记住了。”

恩波这才把他放下来。隔着越来越稀的雨脚，他又深深地望了桑丹一眼。桑丹呻吟一声，身子顺着门框，柔软地滑下去，跌坐在了门槛上。恩波伸出宽大的手掌，抹一把头上的雨水，回身走了。

雨水说停就停，阳光落在满地水洼上，闪闪发光。恩波绕过一个个水洼，回到广场那边等候的人群里。

“你看见了？”

“真的有珍宝吗？”

“都是些上等货吧？”

只有他妻子说得与众不同：“你真动了她的东西？让我看看你的手。”

恩波任勒尔金措拉起手来左右端详，笑而不答。他的目光抬起来，越过所有人的头顶，看着广场的那一边。其实他也没有真看广场那边的桑丹，他的眼光还要更高一点，那是还未化尽雪的阿吾塔毗峰，现在，一碧如洗的山腰正升起一道鲜艳的彩虹。

人们并不看彩虹，也没有看见恩波正在看彩虹，只是一个劲地问：“你看见了吗？”

“真的有珍宝吗？很多珍宝？”

“都是些上等货吗？”

恩波喃喃地说：“是的，很多很多，那个女人，她满怀珍宝。”

“漂亮吗？”

“很漂亮吗？”

恩波把注视着彩虹的目光收回来，说：“漂亮，比那道彩虹还要漂亮。”

人们又变得忧心忡忡了，大家都把脸转向江村贡布：“尊敬的喇嘛啊，这个女人真有珍宝，这可真是麻烦了。”

喇嘛含笑说：“一个地方有珍宝聚集，说明上天还没有抛弃这个地方。”

“可是，可是……”

“可是，你还是想个办法，不要让我们再生眼病吧。”

“医生已经把眼病给我们治好了。”

“可是还会再生的。”

江村贡布只好拿来一块过去包裹经卷的黄布，缝成一个布袋，说是只要包裹在桑丹那个包外面，就不用担心什么了。“当然，”他说，“谁要真去动人家的东西，打开这个布袋，我就什么都不敢保证了。”

都说：“眼睛都看不得的东西，谁还有胆子用手去动啊？”

江村贡布又说：“不过，眼睛不看了，谁又敢保证不心里惦记？”

众人又问："那又会怎么样呢？"

江村贡布肃然说："也许惦记多了，会得心口痛的毛病吧。"

人们都肃然地叹道："天哪！"

八

格拉母子重返机村这一年，是机村历史上最有名的年头之一。

在机村人的口传历史中，这一年叫作公路年。也有讲述者把这一年称为汽车年。但一般认为，还是叫作公路年更准确一些。因为这一年，从初春开始，一直都响着隆隆的开山炮声。一条简易公路就从地图上称为成阿公路的主线上分出一个小岔，一点点向机村延伸过来。直到冬天，才有卡车开了进来。如果要叫汽车年，从这条公路修通到后来基本废弃的那些年头，才合适叫作汽车年。

开山炮声越逼近，机村人们就越激动，就像每一个人从此都会开上一部汽车代步，就像汽车一到，这个被宣称已经发生翻天覆地的变化、人人都已经过上了幸福生活的时代就要真正到来了一样。生产队组织村里人去筑路工地上劳动。很多年轻人都穿上节日装束，好像不是去劳动，而是去邻近的城镇街上闲逛一样。

看来还得在这里先讲讲机村的地理了。

和机村相邻的城镇有两个。三十里外刷经寺镇，属于另外一个县。统辖机村的公社所在地梭磨在五十里外。机村人常去的城镇是刷经寺，不仅是因为近，还因为这个镇子大，过去机村人崇奉的寺院也在这个镇的范围内。一条顺着大河的公路把这两个地方连接起来，但机村去这两个地方，都要顺着流经机村的大河支流，走到河流交汇处，上了公路，向西北或向东南，去这两个镇子中的一个。

现在，那条顺着大河的公路，分出一个岔，向机村一天天伸展过来。

开山炮声隆隆作响，晴朗的天空下升起来一道道粗大的尘柱，村子里的人，山上的动物，都会跑出来看那些尘柱升起又消散。特别是环抱着村庄的山上，每到这个时候，猴子、鹿、獐、野猪、岩羊，有时甚至还有熊和狼，听到炮声，都会从隐身的密林中出来，跑到树林稀疏的山梁上，朝山下那频频作怪的地方张望。猴攀在树顶抓耳挠腮，鹿在深草中伸长颈项，熊总是懒洋洋地目空一切，蹲踞在高耸的岩石之上。

既然山林中机敏警觉的动物们都这样好奇而兴奋，人们的兴奋也就更加顺理成章了。因为，人们不断地被告诉，每一项新事物的到来，都是幸福生活到来的保证或前奏。成立人民公社时，人们被这样告知过。第一辆胶轮大马车停到村中广场时，人们被这样告知过。年轻的汉人老师坐着马车来到村里，村里有了第一所小学校时，人们也被这样告知过。第一根电话线拉到村里，人们也被这样告知过。电线很长，电话机却只有唯一一部，安在了大队支部书记家里，就像过去寺院里的菩萨一样被供了起来，黑色的机器身上盖上了一块深红色的丝绒，支部书记把电话摇把卸下来挂在身上，要用的时候，才插上去。电话装上已经两年多了，没有哪个村民使用过这部电话。村民也没有什么消息要传递到那些有电话人的耳朵里。他们的消息都在没有电话的人群里传递。电话偶然会响起一次，都是叫村干部去公社开会。

这部电话只传来过两次不是开会的消息。一次，村小学老师家里出了事，老师接了电话，就离开了差不多一个月，回来，整个人瘦了一圈。后来听说，是他在比刷经寺更大的城市里当老师的母亲自杀了。还有一次，电话里传来消息，说是有台湾特务空降，机村能走动的人都上山去搜索，结果什么都没有找到。总之，那台电话里并没有传来天国的福音，或者类似天堂的福音。

而公路修过来时，上面的宣传和人们的感觉就像是从天上将要悬下来一道天梯一样。

并不是人人都在憧憬汽车到来的日子，并不是人人都在想象坐在汽车上迎风飞驰的美妙感觉。

格拉和恩波两个人就对沉溺于美妙想象的人们嗤之以鼻。他们持这样的态度，当然是出于他们个人都有过离开村庄远行的经验。现在，这两个人因为这相同的立场而亲近了很多。或者说，过去的芥蒂，因为相同的不乐观的态度而彻底消除了。

恩波说："汽车，汽车，就是现在老天开眼，给你生出一对翅膀来，没有一纸证明，你也什么地方都去不了。"

格拉走过更多地方，学着外面那些决定一个人可以去哪里、不能去哪里的人的口吻说："呃，我就不明白，这些傻乎乎的蛮子，有什么必要四处走动，东张西望。既然什么都看不明白，不知道这些蛮子还傻乎乎地东张西望看些什么？"

两个人这些玩世不恭的说法，惹得情绪高涨的众人不高兴了。但是，又没有人能出来反驳他们。大队长格桑旺堆出来制止，但是，这个人从来都不是机村的重要人物，即便现在当了大队长，他也不是机村的重要人物。机村的重要人物过去是工作组，现在是民兵排长索波。索波人年轻，纯洁坚定，满脑子新思想，不像大队长和支部书记两个上年纪的领导与村里人有那么多的人情世故。

索波对格桑旺堆说：“大队长，这两个人满口落后言辞，破坏大家修公路的决心，应该制止他们。”

格桑说：“他们就是嘴上说说，手上并没偷懒。”

索波哼了一声，自己走到恩波身边。恩波正搬动一大块石头，索波说：“你站住。”

恩波没有站住，抱着石头慢慢挪动步子，一直走到新炸出的路基边，一松手，那块岩石滚下了高高的路基，在陡峭的山坡上，滚得越来越快，一路撞折了许多树木，还像犁一样翻开了草皮，把底下的黑土翻了出来。

索波说：“我跟你说话呢，你没有听到吗？”

“你的话总是很有劲道的，”恩波拍拍手上的泥土，“你看，一路砸下去，碰上去什么，都死掉了。”

“汽车要来了，共产党给我们藏族人民造的福，你不高兴吗？”

“我高兴，以前我只看过一次汽车，是去找格拉的时候。本来，我还会看到很多汽车，但我没有证明，他们把我逮住了。”

“你对新社会心怀不满。”

“如果汽车开来了，载着我们到过去去不了的地方，人人都会很高兴。”

格拉走过来，拍打着双手，喊着：“车票！车票！钱，钱，买车票！”那滑稽的样子，逗得人们大笑起来。格拉模仿着人们并没有见过的某种人物的做派，一脸傲慢：“笑吧，露着你们的白牙，傻笑吧。想坐车吗？钱，傻蛮子，把钱拿出来。怎么？才五毛钱，傻瓜，一边凉快去吧。证件！证明！想上车的人把证件拿出来。怎么，没有证明？来人！把这个坏蛋抓起来！”

人们哈哈大笑，格拉笑了，恩波也笑了。

只有索波不笑。格拉说：“报告排长，你看大家都很高兴，你也高兴一点吧。”

人们再次大笑。

笑过之后，人们都沉默下来，回味着什么。汽车要来是确实的，但是，他们没有钱，没有证明这个事实也是确实的。太阳开始落山了，开山炮炸下来的石头很快搬完了。机村人回村的时候，筑路队的工人背着炸药，手上挽着导火索来了，往岩石缝里装填炸药。人们离开工地不远，迎着夕阳在山坡上坐下来，看着点燃导火索的工人，嘴里含着铁哨，吹出尖厉的声音，跑开了。然后，屁股下的草地轻轻颤动一下，几道烟柱冲天而起，爆炸声猛然响起。岩石哗啦啦垮了下来，经过一天劳动，腾出的那段路面，又被石头掩没了。

人们感叹炸药不可思议的强大力量。

索波总结性地说："这就是新社会的力量。"

其实，新社会的力量是人人都晓得的，因为早在开修公路以前，新社会就带着不可思议的力量降临了。

恩波拍拍索波的肩膀，索波身体还不像真正的成年人那么结实，这一拍带着很大的力量，使他的身体摇晃起来，这使他不免有些尴尬。恩波笑了："伙计，没关系，你也会越来越有力量的。"

索波咬着牙从牙缝里发出了声音："你这个落后分子。"

"我落后有什么关系，反正有了汽车我也什么地方都去不了，你可要先进，将来不要说坐汽车……"

"还会有人派飞机接你上北京城！"

格拉接嘴说道。

"你这个野种。"索波切齿说道。

"人人都晓得的事情，还用你说吗？"格拉咧开嘴，嘻嘻地笑着。

知道跟这个野种纠缠下去，只能让自己大伤颜面，索波转脸威胁恩波：“跟这种小流氓勾结在一起，没有什么好下场。”

恩波翻了翻眼皮，好像要抬眼看他，却只翻到一半，又把眼皮垂下去，懒得去看这个家伙了。

人们起身回村，格拉一个人高高兴兴地奔跑在众人面前，伸开双臂，斜着身子，做出巨鸟展翅盘旋的那种姿态，顺着青青的草坡往下跑，嘴里发出机器的声音：“呜——呜呜——飞机来了，飞机来接人上北京了。”

有人笑骂道：“这个小兔崽子。”

“这哪里是什么飞机叫，明明是饿狼的叫声嘛。”

“傻瓜，飞机叫是不换气的，你换气了！”

机村处在某一条飞机航线上，天气晴朗的中午时分，可以看到比五六只鹰还要大些的飞机，翅膀平伸着一动不动，银光闪闪，嗡嗡叫着慢慢横过头上的天空。

九

公路修通的时间一拖再拖，从当年十月国庆节，拖到十一月，再拖到天寒地冻的十二月，终于，在这一年的春节前，修通了。这个消息给正在准备过年的机村增加了一点节日前的喜庆气氛。

广场上，人们三三五五地扎在一起，东家向西家打听想不想自己悄悄酿一点酒。机村缺粮，私下酿酒原则上是被禁止的。也有人在商量，年关近了，要不要请喇嘛到家里念一念平安经消灾经什么的："虽然说新社会，破除封建迷信，但年还是旧的，小小地意思一下。"

这些事情，在这样一个时代里，不要说真的去做，就是小小地这么议论一下，因为违禁，便刺激得人生出一种很兴奋的感觉了。冬天的太阳懒懒地照着，那么一种气氛正好传达一种隐秘的兴奋，一种类似偷情一样的感觉。人们继续三三五五扎在一起，交头接耳地议论，打探，商量，都是如何让这个年过得不那么平淡，无论是在物质上还是精神上都过得稍稍丰富一点的意思。而往往是这个时候，格拉家里平常都向着广场开着的门却关闭了。平常总是显得没心没肺的桑丹怕冷一样蜷在墙角里，很瑟缩的样子，一双眼睛不时骨碌碌转动着，惊惶又明亮。而且，她不要格拉看她。

儿子的眼光一落在她身上，她就哆哆嗦嗦地说："你不要看我，儿子，求求你不要看我，我病了。"

格拉就把头垂下去，垂下去，用吹火筒拨弄着火塘里的灰。格拉刚抬起头来，她又说："不要看我，我病了，不能出门给你找吃食了，你自己去吧，快过年了，各家各户都有好东西了。"

格拉从身后拉过一块什么东西，作为枕头，蜷起腿，侧着身子躺下了。睁眼瞪着火塘里抽动的火苗，人便有些恍惚了。就好像是饿晕了的感觉。其实，格拉并不饿，年底，生产队刚分了粮食，村里人不是这家便是那家，隔三岔五地总要送些七零八碎的东西来。是广场上一天浓过一天的过年的气氛把这两个孤苦的人，封在屋里出不去了。

格拉看着抽动的火苗，有些恍惚的时候，听到母亲桑丹一声沉重的叹息。他动了动身子，嘴里梦呓一般发出了声音："阿妈。"

桑丹答应了。

格拉突然问："我外公像什么样？"

桑丹一下紧张得绷直了身子。但格拉仍然静静地蜷缩在火塘边上。其实，格拉心里已经吃了一惊，因为他一直不许自己去问母亲这些问题。他好像一生下来就知道不能问母亲这些问题，而且也知道，即便问了也不可能得到答案。但今天，这些话就这样从他嘴里溜了出来。

格拉又听到自己问："人家都说你背着一大口袋珍宝，是真的吗？"

桑丹依然没有回答。

但她从墙角那里挪过来，坐下，把儿子头下的破东西拿掉，让他的脑袋枕在自己的腿上，她的手指插进了格拉那一头蓬乱的头发中间，轻轻地梳理，格拉刚刚清醒过来的意识又有些恍惚了。母亲弯下身子，很温软的东西顶在他肩头那里，他知道，那是哺育过他的伟大乳房。当母亲抖索的嘴唇落在他的脸颊上，大滴大滴的热泪也落在他的脸上。

母亲呜咽着，像一头带着烘烘热气的母兽："儿子，我的儿子。"

格拉没有应声，但他的眼角，也有大滴的热泪流淌下来，一颗又一颗，落在地板上，竟然发出了啪嗒啪嗒的声响。

这时，门咿呀一声响了。一个人悄无气息，像个影子一样飘了进来。格拉知道，是他在村里唯一的朋友兔子进来了。

格拉立即从母亲怀里挣出来，坐直了身体，说："兔子弟弟，你来了。"

这一年来，长高了一些的兔子，额头上还是蚯蚓一样爬着蓝色的脉管，声音还是细细的，怯怯的："格拉哥哥，下雪了。"

格拉转脸就通过没有掩上的门，看见了外面阴沉的天空，风中，有些细碎而不成样子的雪花散乱地飞舞着。格拉就像一个大人一样说："把门关上，兔子弟弟，这雪下不下来。只是风吹得烦人。"

兔子掩上门，席地坐下来，很从容的样子，但一开口，又带着小姑娘般的羞怯了："格拉哥哥，你怎么不出去玩了？"

格拉总要在兔子面前做一副大男子汉的样子，他拍拍脑袋："这些天，这里面他妈的不舒服，休息几天，等你们过完年，就好了。"

兔子说："都说过年前汽车就要来了。"

"你听谁说的？"

“谁都在说，”兔子也在有意无意模仿格拉学大人说话的样子，“真烦人，人人都这么说，想不听都不行。”

那样子惹得桑丹咯咯地笑了。格拉抬眼看看母亲，桑丹像被噎住一样，突然就把笑声吞了回去。格拉发现，不知道从什么时候起，母亲有点害怕自己了。他有点心疼母亲，但又有些得意于母亲对自己的这种敬畏。

“汽车来又怎么样？载着机村人进城吃酒席吗？”自从那次流浪回来，格拉一开口说话，总会很容易就带着一种愤怒的语气。

兔子有些害怕了：“你为什么生气？”

“对不起，对不起，兔子弟弟，”格拉赶紧放缓了语气，“汽车要来就来吧。兔子，我告诉你，汽车要是拉这些人进城，也不是去吃饭！去干什么——你不晓得，以后带你出去走走，你就晓得了——他们开会，一天到晚开会！开完会游行，然后，各自回家。吃饭，想都别想！”说到这里，他气愤的语调又出来了。

兔子说：“我不喜欢开会，人太多了。医生说，我不能去人太多太闹的地方，我的心脏不好。”

“可你还是忍不住要去人多的地方。”格拉语气中带着讥诮的意味。

“我一个人会害怕，跟奶奶一起待着也会害怕。医生说，我这颗心可能会突然一下子就不跳了。”

兔子可怜巴巴地说。

“哦，兔子弟弟，我跟你说着玩的，你跟我不一样，想到人多的地方去就去吧。只是不要让他们欺负你。汪钦兄弟、兔嘴齐米那几个坏蛋，还有那些跟着他们跑的家伙，要是他们欺负你，我去收拾他们。那几个家伙还是害怕我的。”说到这里，格拉自己也有些得意地笑了起来。

“可是我阿妈就是不想让我跟你玩。”

“那你阿爸呢？”

“阿爸，还有奶奶说可以跟你玩。”

“还有你们家那个喇嘛呢？”

“阿妈找阿爸吵，舅爷什么话都不说。舅爷不喜欢说话。”

格拉笑笑，没有说话。

“奶奶和阿爸还说，过年时要请你们到我家来，阿爸说，他对不起你们。”

“但是你阿妈不干。”

“阿妈是不高兴，但阿爸说，不能什么事都听女人的。”兔子把嘴巴附在格拉耳朵上，“阿妈哭了，阿妈说，阿爸喜欢上你的阿妈了。”

格拉咯咯地笑了：“阿妈，兔子的阿爸喜欢上你了。”

闻听此言，桑丹自己就像寻常那样没心没肺地笑了。笑着笑着，她看着两个孩子眼里露出了若有所思的神情，然后，她突然止住了笑声，一只手握成拳紧紧顶在嘴上，不再发出一点声音了。

兔子说：“她不高兴了。”

格拉说：“我倒是高兴她知道不高兴，我也高兴你阿爸喜欢上了她。”

兔子说：“我不会告诉我阿妈。”

格拉说：“他妈的。”

兔子也学着说：“他妈的。”

格拉说：“你说粗口了。”

兔子很开心地咯咯笑着：“是，我说粗口了。”

格拉说：“这下，你的喇嘛舅爷，你的和尚老爹要不高兴了。他们是识文断字的人，他们不喜欢人说粗口。他妈的，要是他们晓得我教你说粗口，你就不要想再跟我玩了。”

“他妈的。”兔子又说。

“闭嘴吧，你他妈的。”

兔子可不愿意闭嘴，不住声地说：“他妈的，他妈的，他妈的。”越说越兴奋，苍白的脸腮泛起了红晕，额头上的蓝色血脉高高鼓突起来。格拉觉得那蓝色脉管再往高鼓就真要爆炸了。他害怕了，说：“不要说了。”

兔子不听，他的眼里有什么光芒燃烧起来了，眼珠慢慢定住不动了，可他还在一个劲地念叨，一边念，还一边笑，弄得自己都要喘不过气来了。

格拉一跃而起，把这个着了魔一样的兔子扑在身下，手紧紧地捂在他嘴上。兔子咬住了他的手指，一股钻心疼痛使格拉浑身发颤，嘴里咝咝吸着冷气，但他一点也没有松手。直到兔子不再发出吱吱唔唔的声音，不再弹动他那双细瘦的双腿，格拉才长吐一口气松开了双手。

这时，桑丹惊叫了一声，或者说，是刚刚惊叫出口，又把下半声强收回去了。她圆睁着惊恐的双眼，手捂在嘴上，浑身颤抖不已。

格拉这才看见，兔子躺在地上，双腿紧紧蜷着，两手摊开，嘴边冒出些白色的泡泡，眼睛翻着眼白，昏过去了。

格拉俯下身来，摇晃他，拍打他，拍打他，摇晃他，亲吻他，咒骂他：“兔子，我求求你醒过来，兔子，我求求你不要害我，你不要死，求求你不要死，要死也不要死在我们家里，他妈的，我求你起来，我求你滚起来，把你该死的眼睛动起来，他妈的，你阿妈说得对，你不该跟我玩，你该跟村里别的人去玩，他妈的，他妈的，你只要醒过来，我一定不再让你们一家人闹心，不再跟你玩了。”

但兔子一动不动，格拉瘫坐在地上，用哀怨、愤恨，而又无可奈何的眼光看了母亲一眼，无声地哭了起来。

而桑丹只是摆出一副无辜的样子，楚楚可怜的样子，坐在那里，在命运之神的注视之下，像冬天还挂在树上的枯叶一样簌簌地颤抖着。

格拉仰起脸来，想看看神灵是不是在天上。但他连天空都没有看见，只看见被烟火熏得黑黑的屋顶，屋顶的一些缝隙里，这里那里，断断续续透进来一些光，一个将雪未雪的下午黯淡的天光。

这个时代，神灵已经远遁了。

这时，门被人敲响了。桑丹和格拉都一下坐直了身子。然后，门被推开了一点，风无形但有力的身子趁机往里拱，要把门完全打开，但敲门的人伸手把门带住了，只从那道门缝里探进半张脸。那是恩波的脸，这张脸上带着不太自然的笑容：“请问，兔子在这里吗？”

屋子里的两个人都张大了嘴巴，却没有发出一点声音来。

好在从光线明亮的外面往屋子里看，一时间还看不清楚什么，屋子里的人却看见恩波本来就大的眼睛睁得更大了：

“请问，兔子到你们家来过吗？”

格拉把嘴合上，又把嘴张开，但还是什么声音都没有发出来。

“兔子告诉我，说要来找格拉哥哥玩，兔子，该回家了。”

格拉好像听见了兔子细弱的声音：“我在，阿爸，我在。”

这时，格拉嘴里终于发出声音了，好像在跟那个声音争辩：“不，他不在，恩波叔叔，兔子不在。”

同时，他觉得身子僵硬冰凉，像是鬼魂附体一样。

但是，恩波笑了，说：“我知道你这个孩子喜欢开玩笑。”

躺在地上的兔子已经站起身来，死过去一次的兔子又活了过来，他绕过格拉，走到父亲跟前，声气细弱地说：“阿爸，我跟你回家。”

格拉喃喃地说：“恩波叔叔，以后我不跟兔子玩了。”

恩波腾出手，把兔子抱起来，风把门完全挤开了。很多光也随之挤进来。恩波高大的身子差不多把这扇门完全堵住了。他说：“没有关系，你们可以一起玩，高兴一起玩，就一起玩吧。”

恩波转过身，带上门，把明亮的光线也一起带走了。格拉还听见兔子在对他亲爱的父亲说：“阿爸，我告诉了格拉哥哥，你要请他们去我们家过年。”

格拉喃喃地说："不要，不要。"他抱着脑袋，听见自己在心里不断说，不要，不要，不要你们来玩，不要你们请我们吃饭。不要，不要，不要啊！

他挪到蜷在墙角的母亲那里，把回响着奇怪声音的脑子靠在母亲的怀里。

母亲的两只手，一只五指分开，插进了他蓬乱的头发里；一只，轻轻地抚摸着他的脸颊。母亲只是说："我可怜的娃娃。我的好娃娃。"

然后，雪就下下来了。

雪下得那么绵密，天空一下子就暗了下来。雪一直在云层上累积着，直到天空再也承受不住，终于崩塌下来了。

格拉叹了一口气，紧绷绷的身子在母亲怀中慢慢软了下来。

十

雪整整下了一个晚上。

厚厚的雪被把整个机村悄悄地覆盖了。这个夜晚因此显得十分温暖。这个夜晚因此一点也不像要出什么不好事情之前的夜晚。

格拉很久没有睡过这么香甜的觉了，对即将到来的祸事没有丝毫的预感。甚至当太阳升起来，雪地上反射的干净光芒把屋子照得一片明亮，他还安详而香甜地睡着。

把格拉惊醒过来的是小学校的钟声。

铛铛的钟声在这个雪后的早晨，在这个光线明亮，空气清新，四野在阳光下银光闪闪的早上显得那么清脆明亮。格拉像是受到了惊吓，一个打挺就坐了起来。

屋里的光线是这么明亮，亮得连火塘里的火苗都隐身不见了，只听见它们伸展抖动、吞咽空气的嚯嚯声音。机村人把这声音叫作火苗的笑声。火塘充分燃烧，火苗发出低嗓门的男人一样的笑声，从来都是一个吉兆。格拉翻身跑出门外，把脸埋在干净的雪里。当他看见自己的脸在雪地上留下了那么脏污的印子时，不禁咯咯地笑了。他捧起雪，在脸、脖子和手上使劲搓揉。捧起来，是洁白滋润的雪，雪在他肌肤上融化，变成脏污的水滴落在地上。

当钟声再次响起，格拉从雪地上直起腰来，那张脸已经十分地容光焕发了。格拉高兴时总有些饶舌。他说："奇怪，小学校已经放假了，谁还在敲钟啊？"

听到钟声，从围绕着广场的一幢幢房子的窗口上探出来一个个脑袋，对着广场的一道道门也吱吱扭扭地打开了。

人们看到，是民兵排长索波在敲钟。

格拉想都没想，舌头就在口腔里转动了："奇怪，能当民兵排长，就能当小学老师了？"

索波看村里人都被惊动了，便被村里那些半大的小孩簇拥着走到广场中央，口里喷着白烟，向村里人宣布一个重大的消息：今天，汽车就要进村了！索波喊一声："好消息，公社来了电话，汽车今天就要来了！"

孩子们欢呼着，簇拥着民兵排长向村口跑去。

当然，这群孩子中不会有格拉和兔子。

剩下的人们行动迟缓一点，但不到半个钟头，差不多全村的人都聚集在村口了。那里原来是座煨桑的祭台，因为挡住了汽车进村的路，被平掉了。洁白的雪在人们的脚底咕咕作响，在阳光下开始融化。村子四周的雪野仍然一派耀眼的寂静，某一棵树上厚厚的雪被阳光晒开了，哗啦一声散开，落到地上。新修的公路，顺着河谷蜿蜒着，静静地躺在雪被下面。人们静静地袖手站立，脚下融化的雪浸湿了靴底，还是一动不动。

融化最快的是路上的雪，山坡上，田野里，一条条小路黝黑的身影开始一段段现身。那条公路也很快显出身来，公路边的溪水也因为融雪水的汇入而显得混浊了。

人们就这样站到了中午，还没有见到汽车的影子，都慢慢踱回村子去了。格拉也慢慢回家去了。路上，兔子有些忧伤地说："格拉哥哥，汽车不会来了吧？"

"不来就不来吧。"在兔子面前，格拉常常装出大男人那种满不在乎的语气。

"我担心汽车不来。"兔子说。

"为什么？"

兔子说："我不知道，但我就是担心。"

格拉像个大男人一样，逼着嗓子嘎嘎地笑了："不来就不来吧。你等着瞧吧，来了，跟你，跟我，都不会有什么好处。"

兔子没有说话。

"你以为汽车会拉不要钱的棒糖，不要钱的钱来啊？"

然后，两个人就分手回家了。这是格拉在兔子受伤前和他见的最后一面。事情过去很久，格拉常常回想这一天两个人分手的情形，都发现自己对接下来发生的严重事件毫无预感。中午时分，地上的雪化得差不多了，空气中充满了新鲜的水的气味，阳光也不再那么刺眼。兔子走开几步，又返身回来，叮嘱格拉："要是汽车来了，我没有听到，你要来叫我啊。"

格拉做出不耐烦的样子，挥挥手说："快回家去吧，我记住就是了。"说完，就径直回家了。回到家里，才发现桑丹绯红着脸，一双眼睛亮亮的，松软的身子透着慵倦坐在火塘边上。这对格拉来说，并不是一个陌生的情形，又有一个男人到家里来拜访过了。格拉心里骂了一声，脸却像大男人一样什么也没有表现出来。"你没有和大家一起去等汽车吗？"

桑丹哧哧地笑了，娇气地说："你们不是什么都没等到吗？"

格拉有些恶心地想到，这娇气的笑声，是献给那个男人柔情的余绪与尾声。但他口里也只是淡淡地说：“我饿了。”

桑丹这回的动作利索了，迅速起身，魔法一样变出一块新鲜的肉来。她嘴里快乐地哼哼着，用刀把肉片切薄，撒上盐，烤在了火上。格拉狼吞虎咽地连吃了三大块。桑丹看着他一口口把肉撕开，嚼碎，咽下，那对待男人的柔情，才慢慢变成了对待儿子的母性的眼光。等儿子吃饱了，她自己才吃起来。格拉看着母亲的眼光里，充满了一种怜悯的味道，母亲也带着一种有点悲悯的眼光看着自己的儿子。这，也差不多就是一种类似于幸福的感觉了。

格拉听见自己笑出声来。

母亲把额头紧紧抵在儿子的额头上，也笑出声来。

两个人的笑声都动听，都带着没心没肺的苦中作乐的味道。

格拉突然感觉到自己特别想问母亲是谁，是一个什么样的男人送来了鹿肉，但他只是咯咯地笑着。这时，母亲说话了：“儿子，还想吃更多的鹿肉吗？”

“要过年了，我想。”

“那我们要过一个有很多鹿肉的年了。”

母亲告诉他，有一个人打了一只鹿，藏在村后山上，总被黄昏的太阳照得更加猩红的巨大岩石旁边，一株熊做过窝的云杉的树洞里。格拉想，接下来，母亲就该告诉他把鹿肉藏在树洞里的那个人是谁了。但她没有再说下去，而是把一条口袋，一根绳子，一把砍刀塞给他。格拉带着隐隐的失望，出门上山去了。

每往上爬一段，他就停下步子，抬头望一望那块突出在林木中间的赭红色的巨大岩石。每当这个时候，那个疑问就会爬上心头：那个男人是谁？那是个什么样的男人？

每当心头浮上这个问题的时候，他的心头便浮出一个男人的形象。但很快，他摇摇头，把这个形象否决了。他这样摇头有两个意思：第一，他从来不允许自己想这个问题，但现在却老是想到这个问题，这成了他一个甜蜜的烦恼；第二，他真的不喜欢所有这些在脑子里过了一遍的男人是他的父亲。当他最后一次抬头仰望时，那个巨大的红色岩石已经就在眼前了。这其实是大半山上一个宽敞的平台，岩石就矗立在这个云杉林环绕的草地中央。机村没有人知道这个台地是很多万年前冰川运动所造成的；也没有人知道，这块红色的岩石，是冰川从更高的山顶上运下来的。冰川变成洪水，涌向山下时，这块石头就被永远像一个异类留在了此地。格拉当然也不知道这个。他只是在走上这个台地边缘，看见这块红色岩石十分高大地矗立在眼前时，脑子里想到了最后一个男人。

他就是兔子的老爹！

格拉为自己这想法吃惊得差点失声叫了出来。

他又摇了摇头，就把这个想法从脑子里甩出去了。草地上四布着水洼，格拉对着水洼中自己的脸露出了一个满意的笑容。能够随时随地把什么不好的不应该的想法从脑子里甩出去，是生活教给他的一个特殊的本领，正是这个本领使他能够比较快乐地生存下去。

比起这个本领来，在森林中找到一棵特别的树就不是什么大本事了。

树洞里并没有一整头鹿，但两条鹿腿，也足够他和母亲过一个很好的年了。两条鹿腿装进口袋，扎好袋口，用背绳系在背上，准备起身下山时，恩波的形象又来到了格拉的脑子里。格拉笑了："我不相信，那时你在寺院里没有还俗呢，再说，你也是村里不会打猎的男人中的一个。"

说完，他就背起鹿腿下山了。

两条鹿腿的分量对一个少年人来说，是太沉重了。他不断坐下来休息。只要他一坐下来，脱离了背上的重负，恩波就又钻到他脑海中来了。格拉说："老哥，不可能的，你不要来烦我了。我承认，我有点愿意你是我老爹，但你也知道我的老爹不会是你。”

“不，兔子弟弟，我喜欢你，但你不是我真正的弟弟。再说了，你阿妈不会喜欢。”

“恩波先生，谢谢你，请你走开，求求你了，请你走开，你不是我的老爹，我再说一次，你不是我的老爹。”

每一次坐下来休息，格拉都在心里争辩着。要不是他终于望见了村子，望见一个庞然的物体顺着新修的公路，正嗡嗡叫着向村子里移动，这种争辩不知会是一个什么样的结果。

汽车！汽车真的来了。

他想往山下奔跑，但背上的东西太沉重了，使他无法加快步伐。他又一次把背上的口袋倚在一个土台上休息了。这时，村子里的人们已经听到了汽车的声音，人们全部涌到村口，从高处望下去，一个一个的人影都变得扁平了。这些扁平的人影快速移动，迎面奔向汽车，又跟着汽车奔跑。汽车停在了村中的广场上，人们围着汽车打旋。看着这景象，那个冷静的格拉登场了。他有些疲倦地看着山下，想，他们一定很新奇，很激动，一定以为，有了汽车，明天的日子就是另外一种样子了。但他格拉小小年纪，却比好多成年人都见多识广。他见过很多汽车，也坐过汽车，但更多的时候，是作为一个无助的人，在流浪的路上，落在疾驰而去的钢铁巨兽后面，淹没在它巨大、说不清是香是臭的燃油味道和弥天的尘土里。

格拉看见，车头前面，冒起了股股蓝烟，响起了密集的枪声般的声音。格拉知道，这是鞭炮的声音。在汉人的世界里，每当有什么喜庆的事情，人们都会炸响一串串的鞭炮。这下，机村的人们是大开眼界了。身后的树丛里，许多受惊的鸟飞了起来。格拉静静地坐在那里，一动不动，直到村子里的庆典结束了。汽车又摇摇晃晃地开走了。广场上一些人散开了，一些人仍然盘桓不去。格拉才又起身往山下走。这时，阳光离开了山下的低地，一点点往山上爬，林间的风准时起来了，轰轰的林涛声一波波传向远方，又重新从林间升起。这时，回望那块岩石，已经没有那般高大，一身猩红却被夕阳染得更加浓重。

没有了阳光的村子，灰蒙蒙的没有生气，这里那里的背阴处，还留下一些斑驳脏污的残雪，让格拉心里一派凄凉。

格拉走进村子里的时候，夜幕已经降临了。

整个村子都包裹在鞭炮燃放后的硝烟味和雪后深重的寒意中。大人们都回家去了。只有那群孩子，还处在兴奋中，无目的地尖叫，奔跑，互相厮打，不时地点燃一颗两颗鞭炮。格拉快走近家门的时候，他们就往他身前扔了一颗，那颗鞭炮蛇一样咝咝作响，喷吐着蓝色的火焰急速旋转，格拉刚刚转过脸去，那鞭炮就在他身前砰的一声炸开了。

格拉的耳朵被震得嗡嗡作响，那些本该可以是他朋友的孩子哄笑一阵，又带着他们莫名其妙的激动跑开了。

这个晚上，格拉和母亲一起把两条鹿腿上的肉剔下来，撒上盐，腌起来。剔出来的骨头，熬在大锅里，肉汤沸腾了，发出歌唱一般的声音，香气随之在低矮的屋子里弥散开来。喝下两大碗肉汤，连梦境都是温暖而安详的。半夜格拉醒来一次，觉得胃暖洋洋的，就想，明天要请兔子来喝这肉汤。

他一点都不晓得，兔子受伤了。鞭炮第一次在机村出现，就把兔子炸伤了。庆祝通车的鞭炮炸过后，留下的大堆纸屑里，还有许多未曾炸响的鞭炮，成了孩子们手中的玩物。一颗鞭炮不知从谁的手里扔出来，把兔子炸伤了。

鞭炮从天而降，落在了兔子脖子里，兔子吓傻了，站在那里一动不动，直到那枚鞭炮在他颈子上炸开了一道深深的伤口，他那张白脸被爆炸的白烟熏黑了，他依然一声不吭，摇晃了几下身子，便慢慢跌坐在地上，再一仰身子，倒在了地上。

无论以后的人们怎么描述当时的情景，这一点都是一成不变的，就是说，自始至终，兔子都没有发出一点声音，鞭炮还没有爆炸，他就吓得魂飞天外了。

格拉喝了一肚子鹿肉汤，差不多有些幸福地沉溺于温暖梦境时，吓昏了的兔子刚刚把飞走的魂魄收了回来。

魂魄一收回来，他就感到疼痛了。

疼痛中的兔子看到阿妈漂亮的脸这时已经被仇恨扭曲了。她看见兔子清醒过来，发出了呻吟，就说："好儿子，告诉我，是谁把你炸伤的。"

兔子摇摇头，用乞求一般的眼光看着母亲，细声说："你不要问我，我不知道，我没有看见。"

"不，儿子，你不能这样，你肯定看见了。"

兔子转过脸，把乞求的眼光朝向父亲："阿爸，我真的没有看见。"

恩波也说："要是看得见，他不就能躲开了吗？"

兔子吐一口长气，紧张的神情松弛下来。但他随即就听见阿妈对阿爸说："我肯定是那个野种。"

恩波说："我不想你乱说别人。"

兔子说："阿妈，求求你了，格拉哥哥一下午都不在。"

恩波说："我们已经对不起人家一次了。"

勒尔金措说："我看你们都中了邪了。"

这事情，就发生在格拉温暖安详的梦境边缘，但他却一点也没有感到正在逼近的危险。

第二天，阳光很好，格拉没有看见兔子。第三天，还是没有看见。这是新年前的最后一天了。虽然日子过得沉闷而又艰难，但新年将到时，总会带来一点微弱的希望，正是这点，会让人显得比寻常日子更加兴奋一些，这就是所谓新年的气氛了。更何况，今年，机村通往外部的道路开通了，从新的道路上开来了汽车，人们就有了双重的兴奋的理由。格拉也有些兴奋，他不是因为汽车，而是因为那两腿鹿肉，那两腿鹿肉后面藏着的那个神秘的男人。但他还是觉得这种兴奋是不完整的。这一年的最后阳光就要下山的时候，他才一拍额头想起来，他已经两天多没有看到兔子，看到兔子的家人了。

一问，人家才告诉他，兔子受伤了。一家人都带着这个宝贝上刷经寺镇看医生去了。

还有人开玩笑说："你不晓得吗？人家说是你扔的鞭炮炸伤了他。"

格拉笑笑，他习惯了机村的人没事拿他开心，也没有往心上去。他还饶舌说："好啊，谁说是我炸的，我把那张嘴也炸了。”

村里那群孩子：阿嘎、汪钦兄弟，兔嘴齐米，索波走了红后，他的弟弟长江也入伙了。长江父亲给起的名字叫多吉扎西，但索波领他到小学校报名的时候，就给他起了一个新的名字：长江。

大人们散去时，这群比他稍大一些的孩子就围了上来，恶狠狠地说：“就是你扔鞭炮炸伤了兔子。”

他们跑开后，格拉打了一个寒噤，风从雪山上下来，吹在背上，带着深深的寒意。格拉摇摇头，笑了，自己对自己说，他们放鞭炮时，我到山上背肉去了，悄悄的，谁也不知道，我怎么会炸伤兔子呢？但这样，也并没有让他驱走背上的寒意。

新年到来的最后一个黄昏，格拉来到村口原来有一个祭坛、现在成了敞开的路口的地方，向着通向山外的路瞭望，直到夜幕落下，也没看到空荡荡的路上出现一条人影。

新年第一天，全村人都聚集在广场上喝酒歌舞，格拉和桑丹都关在屋子里没有出门。

第二天早上起来，桑丹烙了饼，就着浓酽的鹿肉汤。格拉喝得浑身暖洋洋的出门，这时太阳已经升得很高了。他刚刚打开门，索波的弟弟长江就冲到他面前，冲他龇牙咧嘴地一笑，高声喊道："是你炸伤了兔子。"

格拉猝不及防，被吓了一跳，辩解似的说："不，我没有，我不在。"

那么多张脸围过来了，从四面八方、上面下面看着他："说，你到哪里去了？"

"我，我到山上去了。"

"全村人都在等着看汽车，你到山上去了？你骗鬼吧！"

"说，你到山上干什么去了？"

"我……你们管得着吗？"

然后，这些孩子发一声喊，像炸了窝的马蜂一下就散开了。他们手里端着木头削成的长枪短枪，嘴里突突突突模仿着枪声，学着电影里的战斗场面，向着假想中一群不堪一击的敌人掩杀而去。有人被石头绊倒了，却装出中了子弹的样子，喊一声共产党万岁，又从地上爬起来，呼啸着冲杀而去。

格拉突然感到一种清晰的痛楚，而且清楚地知道，这不是他自己的痛楚，他对痛楚已经十分习惯了，他是感到了兔子弟弟的痛楚。他问桑丹要一块最大的腌鹿肉。

桑丹说："你想烤着吃还是煮了吃？"

格拉说："我要去看兔子。他们用鞭炮把他炸伤了。"

"谁把他炸伤了？"

“鞭炮。”

桑丹哧哧地笑了：“儿子骗我，鞭炮那么好玩，不会炸着人的。”

格拉说：“我不想说了，你快取鹿肉吧，我要到刷经寺去看兔子，鞭炮把他炸伤了。他那么胆小一个人，肯定被吓坏了。”

桑丹把肉取来了。格拉接过来就想走，桑丹却用毋庸置疑的口吻说：“先把这块肉洗干净。”

桑丹说这话时，脸上出现了一种很清醒明白的神情。就是这种从未有过的神情，让格拉不由得乖乖地按她的吩咐做。格拉洗好肉，桑丹又吩咐他洗锅了。格拉依然照做了。洗锅洗肉的同时，格拉眼角的余光一直留在桑丹脸上，他注意到，她脸上一直就挂着这种清醒明白的神情，看他把肉、把锅洗得干干净净。

肉煮在锅里后，桑丹说：“我知道你在想什么。”

格拉在想，新鲜就是干净，还用这么洗吗，整个机村都不会有人做这种事情，自己家里更是没有干过这样的事情。但为了桑丹脸上那一本正经的神情，他妈的就干一次惹人笑话的事情吧。他故意说：“你怎么知道我在想什么？”

“我告诉你，兔子的爸爸，舅舅，人家是识文断字的斯文人，什么事情都是有讲究的。”桑丹说，“如今哪，什么都不讲究，倒成了规矩了，所以你不晓得。所以我要教给你。你要记住，对有讲究的人，你还是应该讲究的，让人家晓得，你还是懂得规矩礼数的。”

格拉一边嘴里含混地答应，一边偷眼去看桑丹，见她脸上的神情不仅是清醒明白，而且是一派庄严。

一阵风把门吹开了，明亮的光线从门外涌进来，格拉抬起头来，看见太阳把大把大把金色的光线，从高高的天上向他抛洒。这是新年的第一天，他想，这一年或许是一个好的年头。桑丹或许就要从她那种懵懂迷糊的状态中清醒过来了，或者说，她已经清醒过来了。

锅里的肉煮开了，肉的香气、汤里花椒和小茴香好闻的气味在屋子里弥漫开来。

格拉希望母亲继续往下说，桑丹就如了他的期望继续说：“如果讲究的话，汤里还该加上印度来的咖喱，或者是汉地来的生姜。煮好的肉要放在银盘子里，盘子摆在涂了金漆的木案上。”

格拉屏住了呼吸，也许母亲就要记起或者说出她出身的秘密了。

桑丹叹了口气：“如今这些规矩都没有了，我们都变得像野人一样了。”她絮絮地念叨着，野人，野人。格拉心痛地看到，她的眼光又在这絮叨中变得迷离了。但她迅速又回复到清醒的状态，振作了口气说：“好孩子，肉煮好了，带着它上路，去看你的好朋友吧。”

她还起身把他送到门前。

十一

格拉背着那块肉，走三十多里路，来到了刷经寺镇上。

不用打问，鼻子狗一样尖的他，凭气味找到了医院。这是他在流浪的那一年多里养成的本事。他不识字，认不得招牌。那些小城镇就在乡野的包围之中，但小城镇中的人却对来自乡野的人十分傲慢。所以，他一般也不去向这些人打听什么事情。医院，是镇子上最容易用鼻子闻出气味的地方之一。那里具象的气味是消毒药水的气味。抽象的气味是死亡的气味。除此之外，镇子上的饭馆和加油站都有着同样鲜明的具象与抽象的气味。

格拉走进医院，却被告知，那个被鞭炮炸伤的孩子，只是昨天晚上来包扎好伤口，就走了。

格拉往回走的时候，已经黄昏时分了。他觉得肚子有些饿，便凭着一只好鼻子找到了饭馆。这家饭馆的格局和他去的那么多饭馆的格局一模一样。具象的气味是泔水的气味，抽象的气味是过了今天就没有明天那种慵倦而又厌世的气味。几张油乎乎的桌子，售票窗口，取菜窗口，一个凉菜与面点橱柜，油乎乎的推拉式玻璃窗上写着菜单与价格。一个拴着蓝布围裙的男人坐在玻璃后打盹。格拉敲敲窗户，对着那个惊醒过来的家伙微笑。那人推开了窗户，打了一个哈欠，格拉眼明手快，伸手抓出了一条卤牛舌，那人眼里露出了吃惊的神情，但他的哈欠还没有打完，嘴巴没有合上以前，他可伸不出手来，眼睁睁地看着格拉又从他眼下，抓出了两只包子。然后，那个野孩子才转身向门外跑去，快到门口的时候，还撞倒了一张椅子。等他咆哮出声，提着菜刀追到门外时，只看见夜色已降落在镇子空荡荡的街道上了。

格拉跑到镇子外面，放慢脚步，脸上带着狡黠的笑意，开始享用刚刚到手的东西。这个格拉和待在机村不动的那个格拉是不同的两个家伙。走在路上，有着丰富流浪经验的那个格拉又回来了。或者说，在机村待烦了的格拉又感到流浪生活中最为快意的那一面了。他脚步轻快地走在大路上。天上星星一颗颗跳出天幕，他听见脚步嚓嚓作响。这样的路一直延伸下去，真就要走到缀满宝石般星光的天堂里去了。要不是兔子被炸伤了，这块鹿肉还没有送出去；要不是今天，那个一向稀里糊涂的桑丹突然显得清醒明白，开始像一个母亲一样教育自己的儿子了，格拉肯定就这样一直走下去，不要再回那个狭小贫困、让人心灵蒙尘的机村了。

回机村时，整个村子都睡过去了。看着恩波家黑洞洞的窗户，格拉想，兔子弟弟，我明天拿着新鲜鹿肉来看你。猎鹿的这个男人，肯定就是我的父亲呢。

回到家里，他又是很久不能入睡。这个年头岁尾，一切好像都预示着有什么重大的事情就要发生了。那个隐身多年的男人送来了鹿肉，桑丹又露出了好像会清醒过来的苗头。他梦里，好像也老在思索这些事情。

大年初二，格拉就是满怀着这样一些对于未来的美好期待，怀着对兔子弟弟的温暖感情出门的。

但是，当他穿过机村广场，来到恩波家的院子里时，他却敲不开那厚重的木门了。他敲了一遍又一遍，但楼上的人却全像死去了一样，没有一点声音。他有了一种不祥的预感：兔子弟弟的伤势恶化了，或者，他已经死了。好像是为了驱除这突然袭来的恐惧，他大声地叫了起来：“兔子，开门！兔子弟弟，开门！我来看你来了！”

“恩波叔叔，请开门！我来看兔子弟弟！”

但楼上没有一点声音。他又叫了勒尔金措阿姨，额席江奶奶，还学着兔子弟弟的口吻叫了江村贡布舅爷，但楼上依然不祥地沉默着。倒是村子里的人听着他先是着急，后来是有些悲戚的不断恳求的声音，围了好些人在这家人的栅栏外面。这些人越聚越多，沉默不语，像天葬台上等待分享尸体的鹰鹫一样。

这么多人围在一起，不是因为同情与怜悯，他们的日子太过贫乏，也太过低贱，并被训练得总是希望从别人的悲剧中寻求安慰。后来，那群孩子出现了：阿嘎、汪钦兄弟，兔嘴齐米，后入伙的索波的弟弟长江。他们因为十几年前新划定的出身，因为他们翻了身的父兄在村里横行，是一群更生猛的特殊年代哺育的鹰鹫。格拉每呼喊一声，栅栏外的他们就跟着应和一句。

开门！

开门！开门！

开门，开门，开门！

开门，开门，开门，开开开开门！

格拉绝望地感到，本以为在这个新年对他露出了一道缝隙的命运之门，其实就像眼前这道门一样，依然对他紧紧关闭，而且任凭他千呼万唤，也永不开启。他把头靠在恩波家的门上。这门被太阳和煦的光照晒着,那温暖的感觉,本是阳光赐予的,却像是从木头内部散发出来的。但这曾经对他敞开的门又对他紧紧闭上了。他已经没有力量再叫唤下去了。即便这扇门背后,就是命运之神本身,他也不能呼唤下去了。

但他不能停下来,这么多人毫不同情地站在那里,等待着他精疲力竭的那个时刻。这是他们心照不宣、不约而同的共同愿望。所以他不能停下来,他都想倒在地上死在这些人面前了,但他还是把头抵在门框上,差不多只是在自言自语了:“兔子弟弟,开门,我来看你了,我给你送鹿肉来了。”

“恩波叔叔,我晓得,肯定是他们告诉你,是我用鞭炮炸伤了兔子弟弟,但我那时候上山背鹿肉去了。”

“额席江奶奶,汽车来的时候,我在山上啊!”

他就一直这么喃喃自语着,阿嘎、汪钦兄弟、兔嘴齐米和现在叫了长江的多吉扎西他们还在身后起哄:“大声一点,你说什么我们听不见!”

“求恩波和尚原谅你吧,你炸伤了他的儿子。”

“嘿!楼上的人,听见没有,炸伤你们乖儿子的人,他请罪来了!”

格拉知道，他的心脏都要被仇恨炸开了，这时，他要是有那样有威力的东西，可以把这些人全部炸死，要是他有那种力量，就是需要把炸死的他们再炸死一遍，他也一点不会手软。但他没有威力无穷的武器。

现在是一只羊面对着一群狼。

还是桑丹把他从人群中救出来了。桑丹把他的脑袋紧紧搂在怀里，说："来，我们回家，我们回家。"

他不敢去看母亲的脸。

面对母亲，他羞愧难当。面对这冷酷的人群，他一样羞愤难当，连头也不抬，任由桑丹搂着回家去了。他只是喃喃地说："阿妈，你晓得我上山背鹿肉去了，我没有鞭炮，我没有炸伤兔子。"

桑丹说："闭嘴，闭嘴，你看这么多人，这么多人。"直到穿过了人群，桑丹才说："我晓得，我晓得，我晓得你的意思。"然后，母亲大滴大滴的泪水就落下，砸在他头上了。格拉仰起脸，桑丹还在说着什么，她的嘴唇哆哆嗦嗦地飞快地嚅动着,却发不出声音来了。她的嗓子像往常一样，一遇惊吓就喑哑了。

格拉的心像被谁撕扯着一样疼痛："阿妈，阿妈，你不要生气，不要害怕呀！"

桑丹的嘴唇还在哆哆嗦嗦地嚅动，刚刚露出些清醒明白神情的眼神，又变得空洞而又迷茫了。

回到家里了，桑丹还紧紧地攥着他的手，好像不这样，他就会永远消失一样。

起先，格拉还挣扎了一阵，因为他想回到现场，他要把那些可恶的人，那些把不实的罪名加在他头上的人，杀掉一个两个，以至更多。虽然他内心知道，面对那个众多的、强大的，还有政府站在后面的人群，自己其实没有这样的力量。

他想，那么，就让我死掉算了。但母亲是那么紧张地攥着他，他的身子也就慢慢地软了下来。从昨天到今天，发生了这么一连串的事情，他已经太累太累了。他身子瘫软发麻，连动动手脚的力气都没有了。就瘫在母亲身上，睡过去了。

刚睡过去，不舒服的梦就来了。他睡得很浅，是因为实在太累了才睡过去的。但他紧张的神经并没有休息。所以，他甚至觉得自己还是醒着的。他甚至在想，梦见的情景到底是梦，还是正在发生的事情。他看见经过这一连串事情后疲惫至极的格拉瘫在地上，但意识清醒的格拉站起来，轻轻一下就把那扇叩不开的厚重木门推开了。恩波面容严峻，站在楼梯口上。他的眼神悲戚，眼白通红。看到他，他充血的眼睛里燃起了怒火。他伸出手来，一下子就把格拉举在了半空中。他说："你祸害了我的儿子。"

格拉嘴里唔唔地发不出声来。

恩波却把一双充血的眼贴上来："你为什么要祸害我家兔子？"

格拉依然发不出声音。

恩波又说："我们一家人对你这么好，结果，你还要祸害我的兔子。"

格拉挣扎着醒来，但疲惫的身体又把他带向睡眠，带向令人压抑的梦境。在这梦境中，那个谎言包围着他。恩波一家人都摆出有恩于他，而他却有负于他们的恩情的样子，或者责问，或者什么也不说，只是把哀怨的、无辜的、愤怒的神情不断抛送给他。不要问鞭炮是不是他扔的，就是这种责问与神情，格拉就觉得自己是一个犯了滔天大罪的人了。

要让一个与生俱来便被视为贱民的人产生罪恶感，是再容易不过的事情了。

结果，睡眠中的他也得不到休息。这样连续折腾两天，格拉也生病了。他的身子紧紧地蜷曲着，分不清自己是醒着还是睡着。当他意识清醒一点时，桑丹把肉汤喂到他嘴里，这反而使他把肚子里更多的东西吐了出来。

他发烧了，额头烫得像块烙铁。

当他再陷入那可怕的梦境时，却能发出声音了。他一直在高烧中呓语不止。一会儿哀哀低诉，一会儿亢奋地争辩，一会儿又在愤怒地咒骂。话题只有一个，人们放鞭炮时，他不在现场。就算他在，也不会去拿鞭炮来放，因为他认为汽车的到来也没有什么好庆祝的。再说，就算是他放了鞭炮，他唯一不会去炸的人，就是兔子弟弟。他不断翕动的嘴唇起泡了，泡溃烂后，又结成了痂。他再说话，把痂挣开，就渗出丝丝的乌血。

起初，桑丹紧紧地抱着他。直到连说话的力气都没有了，他便安安静静地躺在那里，脸色苍白，偶尔，空洞的眼睛里聚起一点亮光，那也是他心里仍然在争辩。

桑丹害怕他，远离开儿子，蜷曲着身子缩在另一个墙角上，揪心地听着儿子粗重的呼吸。

又过了大半天，那粗重的气息也没有了，他的双眼也闭上了。

安安静静的桑丹，仔细倾听，却没听到儿子的呼吸声再响起来。她只听到门外人们走动、玩笑、歌唱、嬉戏的声音。就在这些声音里，格拉静静地躺着，就像死去了一样。

格拉依然躺在那里，一动不动，不言不语。甚至面孔上的污垢也无法掩住那灰色的苍白，一点一点渗透出来。

桑丹突然像被火烫了一样跳起来，蓬头垢面冲出门外。机村因为新年而无须为生产队干活的人们，大多都无所事事地聚在广场上，懒洋洋地或坐或站，享受冬日的阳光。事后好多人都记得，桑丹闯到了他们中间，眼露凶狠光芒。她像一头绝望的母狼一样从荒芜的丛林中跳将出来，长声夭夭的控诉般的惨嗥把天空都撕裂了。

好多人都聚集到了他家门前。格拉躺在地板上，听到那么多声音，慢慢睁开了眼睛。看到这么多机村的乡亲围过来，格拉想，也许有人会发善心，把他送到刷经寺的医院里去，吃药，打针，抢救，甚至这些都用不着，只要让他闻闻医院里药水的味道，说不定他的病都会好起来。于是，他黯淡的眼里燃起了希冀的亮光。但没有一个人从屋外走进来，只是从门上，从窗口探进脑袋来，看上一眼，叹一口表示爱莫能助的气，就缩回去了。

或者说："哦，看样子，他病得不轻。"

"嘘，我看他要死了。"

"也好，死了就了了。"

"是啊，这个娃娃，是不该到这个世界上来的。"

“这个可怜的女人，不该带他到这个世界上来的啊。”

格拉的眼睛绝望地闭上了。他们说得对，他再也不想看见这世上的任何东西了。他闭上眼睛，就把外界射入的光明阻断了。但他的心脏还在跳动，脑海里还有意识的亮光，这个光是他自己不能关断的，只能看上天的意愿了。

他也不能关闭自己的耳朵，所以他能听见桑丹在喃喃地哀求：“救救我的娃娃。”

“求你们发发善心，告诉他，兔子不是他弄伤的。”

“只要你们说不是他干的，他就会好起来。我的儿子跟我都是贱命一条，只要你们谁去告诉他，那事不是他干的，连药都不用，他就会好起来。”

但没有人回应她，人们一如往常保持着他们居高临下的沉默。

桑丹的口气变化了。

“你们中间有人自己晓得，是哪只脏手把一只鞭炮扔在了兔子的颈子上。我向上天保证，要天天诅咒这只手像一段树枝一样枯死，像一块臭肉一样烂掉。”

“我还要诅咒你们……”

她的诅咒把内心虚弱的人群驱散了。

这是新年的第四天。

四顾无人，平常无心无肺、无羞无耻的桑丹在这一天变成了一头凶狠的母狼，她蓬头垢面地冲进了恩波家的院子，大声哭骂。楼上依然静悄悄的，就像这家人一夜之间都变聋变哑了一样。在桑丹渐渐嘶哑的哭骂声中，这新年第四天的夜晚降临了。这一天晚上，整个机村都像死去一样沉默不语。

据说，村里每一个孩子在火塘边都受到大人的责问，但这种责问很有意思。没有人问鞭炮是不是自己家的孩子扔的，而是说，看来，这个可怜的格拉确实可能是被冤枉了：“那么，你看见是谁扔出的那枚鞭炮吗？”

这些斗争年代成长起来的孩子们结成了坚固的同盟。这样子的责问不可能撬开他们的嘴巴。大人们心里有着的小小不安，因为他们曾经求证过了，也就消失不见了。

又据说，天黑以后，恩波家楼上有人下来了。有人说：“是喇嘛江村贡布下楼来，对桑丹说，他们家并没有人说兔子是格拉炸伤的。但村子里的乡亲们都这么说，特别是村子里的孩子们都这么说，他们不能不信，也并不全信。只是以后，他们一家人真的不希望让这两个孩子在一起玩，这两个可怜的孩子是相冲相克的命。”

村里一直传说，江村贡布喇嘛还悄悄给了桑丹一粒珍贵的丸药，而且还是一个过去的活佛亲自加持过的。

就是这粒丸药把格拉的命救了过来。

传说嘛，有人传说就有人质疑。质疑的人又制造新的传说，他们说，那天下楼的不是江村贡布喇嘛，而是恩波。而且，恩波是被兔子催着下楼的。兔子这个善良孩子在桑丹的哭喊声中，吓走的游魂回到了体内。他说："那鞭炮不是格拉哥哥扔的。"

勒尔金措说："那么，你看见是谁扔的？"

"我没有看见。"

"你没看见怎么肯定就不是他扔的？"

兔子哭了："阿妈，求求你不要这么说话，我害怕。"

勒尔金措看着孩子的父亲："听见没有，他害怕，这个世道，害怕的人，假仁假义的人，是活不下去的。"说这话时，这个漂亮的女人神情庄严，像个宣喻真理的女神一样。

这一刻，恩波对这个女人生出了敬惧之心。因为，她宣喻的真理不是佛说的真理，也不是一个举心向善的人应该信奉的真理，而这样的真理正在大行其道。

兔子撑起了身子，说："我起誓，要是格拉哥哥真扔了这枚鞭炮，不是我，就是他会死去。"

孩子的这个毒誓把大人们都惊呆了。传说，被吓跑了的游魂刚刚归来的兔子站起来，对父亲伸出手，说："你跟我来一下。”

父亲便听话地站起身来。

“跟我下楼去一下，我要说句话给格拉哥哥的妈妈。”

恩波便牵着兔子下楼了。

据说，兔子脖子上缠着在刷经寺医院里上的白色绷带，靠在门框上，有气无力地对着桑丹微笑。

桑丹扑通一下对着兔子跪下了，说：“你好就好，你好就好。”

兔子说：“格拉的妈妈，你回去吧，告诉格拉哥哥，我晓得让我流血的不是他，他其实应该晓得，我不会相信是他。”

“可是我的儿子要死了。”

“不会的，我发过誓，他不会死。因为弄伤我的不是他，等我伤好了，我们还要一起玩耍。我爱他。”

听了这话，桑丹感动得涕泪纵横，抱着兔子的头一阵狂吻，直到兔子静静地说：“格拉的妈妈，你回家去吧。”

恩波也说：“不是我们做大人的狠心，大家都这么说，不由我们不信啊！既然孩子都这样说，你就安心地回去吧。”

桑丹从地上爬起来，回家传话去了。传说桑丹把这些话学给格拉听，格拉长长叹息一声，安心地睡过去，烧慢慢开始消退了。

有了这些传说，机村这个年就过得有些滋味了。以前过年，有庙会，有传统歌舞，但这些都是旧社会的东西，在新社会里，上面说，这些东西应该随旧社会消失了。于是，这些旧东西真的就消失了。新社会的新年就变成了纯物质的新年，年前来的汽车拉来了配给的每人半斤白酒、一斤花生，和每人五十颗棒糖。这是这个纯物质的新年里机村人享用到的全部好东西。当然，还有因兔子不知为谁所伤而生出的谣言，以及因这谣言而生出的不同传说。机村看上去依然死气沉沉，但人心却在暗地里被这些传说所激动着。

大年初七，大病初愈的格拉扶着墙壁慢慢走到了屋子外面，有气无力地靠墙坐在羊皮褥子上。他的眼皮显得很沉重，一些人故意在他面前来来去去，他都好像没有力气把那眼皮抬起来一点。

就是这一天，又生出了一个新的传说。说格拉的病所以好起来，不是因为恩波一家人原谅了他，也不是因为受伤的兔子本人发的毒誓。而是一天半夜，一个神秘的男人溜进了那间小屋。那个男人带来了一小块早已绝迹多年的鸦片膏。烟膏化了水，给格拉灌下去一点，他的心就安静下来，高烧也慢慢退去了。这是过去机村人对付一些小病小痛的常用办法。这个办法管用了。

这个男人是格拉的生身父亲是肯定无疑的了。

但这个男人是谁呢？人们都这样问。

这个传说真是太精彩了，人们的好奇心进一步被激发起来。但回答并不令人满意。据说，连桑丹自己也不晓得这个男人是谁。人们说，在桑丹床上来来去去的男人太多了，她又是呆呆傻傻的那么一个人，怎么弄得清楚哪个是哪个啊。更重要的是，那些男人去的时候，都是黑灯瞎火的，桑丹也不可能看清他们的脸。

初七一过，人们就该下地劳动了。本来冬天无事可干，但上面让把村后南坡上的树林伐倒，开荒种地。于是冬天人们也有事可干了。男人们把树一棵棵伐倒，女人们把这些树堆起来，架在火堆上猛烧。开春后，大地化了冻，把这烧焦的地犁上一遍，过去的林地就可以种上庄稼了。村里那群野孩子——阿嘎、汪钦兄弟，兔嘴齐米和现在叫了长江的多吉扎西，从伐倒的树木中间，捡到许多比篮球还大的鸟巢。他们把这些鸟巢倒扣在头上，脸上装出鬼怪恐怖的样子，呼啸而来呼啸而去。

机村安静下来了。

村后的山坡上传来斧子斫伐大树的声音。除了千年大树轰然倒地的声音，村子里就再也没有别的声音了。明亮的阳光倾泻下来，给冬天的日子带来一些稀薄的暖意。

格拉能够想象那些大树倒地时的情形。斧子锋利的刃口一下又一下砍进大树的根部，一块块新鲜的带着松脂香味的木屑四处飞溅。树身上的斫口越来越深，最后那点木质再也支撑不住大树沉重的身躯，那点木质发出人在痛苦时呻吟一样的撕裂声，树身开始倾斜，树冠开始旋转，轰然一声，许多断裂的树枝与针叶，还有地上的苔藓飞溅起来，一棵成长了千年以上的大树便躺倒在地上了，再也不会站在旷野里，呼风唤雨了。

十二

公路修通以后，上面的领导再来机村，就坐着吉普车了。

领导在机村毁林开荒的现场开了会。领导表扬了机村人的苦干精神，同时也指出，这么好的树木，就投入火堆中一烧了之，太浪费了。伟大的社会主义建设需要这些树木。公路修通了，这些树木可以运到山外为社会主义的雄伟大厦添砖加瓦。机村的男人们因此又多了一项沉重的劳动。他们把一段段的树木抬到公路边上，等待汽车来把这些沉重的木头运走。这是机村人八辈子都没有梦见过的劳动方式。现在，他们沉闷的嗓子哼着新学会的号子来协调步伐，汗流满面，把木头抬到可以坐上汽车运往山外的地方。

看来，有些悲观的论调所言不差，公路修通了，机村人还是用双脚走路，而且因为汽车的开通而担负起这从未有过的劳役。很多人的肩膀磨破了，流出些血水倒还没有什么，反正皮肉是可以重新长出来的。但脚上穿的牛皮靴子，在这极端负重的情形下，比平常费了很多倍，这个损失可没有人来帮他们补偿。

桑丹的眼睛更混浊了。她一个人总是坐在那里絮絮叨叨。但没有人听得出她到底在说些什么。连格拉也不知道。这天，格拉看见太阳出来了，便出来坐在羊皮褥子上晒太阳。他身上的气力在一点点恢复。但他心里却像一座空空荡荡的老房子一样。要是心里不是这样一种奇怪的感觉，他的身体恢复还会更快一点。他还是连眼皮都懒得抬起来一下。连额席江奶奶带着怯生生的兔子走到面前了，他都没有发现。

直到兔子怯生生地叫了他一声，他才慢慢坐直了身子。

额席江奶奶躬身摸摸他的额头，说，好了，好了就放心了。格拉却感到那双皱巴巴手上的皮肤像纸一样沙沙作响。

兔子又叫了一声格拉哥哥。

格拉才抬眼去看他。奇怪的是，他没有料想中的激动。他看见兔子脖子上缠着的白色绷带又已油乎乎地很脏了。他懒懒地露出一点笑容，说："你的绷带脏了。"

兔子眼里却涌上了泪花："格拉哥哥受苦了，我知道不是你。"

格拉淡淡地说："你把这话告诉你家里人就可以了，现在，你奶奶也听见你说的这话了。我晓得不是我扔的。"

兔子说："我晓得你爱我。"

格拉眼里也有了些泪花："但是那些人他们不准，你家里也一样，他们也不准。"

说完这句话，格拉长吐了一口气，真正平静下来了。要是这病好不了，真要死去的话，他也把该说的话对最该说的那个人说出来了。

额席江手上皱巴巴的皮肤沙沙作响，又放在了他的额头上："可怜的孩子，你什么都懂。"她没有说他们一家人谁都不会怪罪于他，将来，他和兔子还是好朋友，而是顺着他的口气说："乖孩子，你也会懂得孩子的妈妈与爸爸的苦处的。"

而桑丹还在一边絮絮叨叨。

兔子问奶奶："格拉的阿妈在说什么？"

"我知道她在说什么，她说，都说新社会是好世道了，但人们吃穿都没变，要干的活却越来越多。"

桑丹看看额席江奶奶，眼里好像带上了一点会心的笑意，让人觉得是她对别人的破译表示同意。然后，她又自顾自地飞快地翻动着嘴唇自说自话了。

额席江点头说："我想我懂得她说的。她说，都说过去的社会是把人分上等下等的，怎么今天也有人什么都不干，修了这么宽的马路，坐着汽车来来去去，比过去的大人物骑在马上还要威风八面？"

格拉冷冷地说："好了，你们回你们自己家里去吧。她的那些话都是胡说八道。"

额席江又称赞了格拉一句，随即，她眼里露出惊慌的神情，说："兔子，格拉说得对，我们该回去了，大人们回来，看见我们在这里，又要怪罪我们两个了。"话音未落，她就拉着孙子的手，起身离开了。格拉看见兔子步子踉跄地跟着奶奶走，一边不断回头，一脸委屈与不解的表情。

这是格拉最后一眼看见兔子。以后，再回想起来，眼前就会看见那张频频回顾的苍白小脸，和脖子上脏污的绷带。这挥之不去的回想总让他痛彻心脾。

而在当时，格拉觉得一件重大的事情已经了结了。村里人又看到他四处晃荡了。他在山上的林边安上套子，弄一些野兔啊，山鸡啊回去煮了，给母亲解馋。他对眼神混浊、絮叨不止的母亲大声说："看儿子也可以给你弄肉回来吃了！"

桑丹用混浊空洞的眼睛看他一眼，手里拿着大块的肉，又露出了没心没肺的笑容。

“以后，再有人送肉给你，都不能要了。”格拉大声喊道，“再有人送肉来，你就告诉他不要再送了，你的儿子长大了！”

桑丹把肉塞进口里，贪婪地咀嚼。

格拉又喊：“你记住了！”

桑丹停住了咀嚼，好像在努力思索儿子这些话的真正意义，但好像什么都没有想明白，就又贪馋地吃了起来。

格拉并没有着急，看着这种情景，他有些悲哀，但他这样的人，不可能再因为一点悲伤的事情而愤怒了，照样上山猎取他有能力猎取的小猎物。在山上遇见恩波是在一个中午，在村里人伐木开荒的附近的树林里。那里，有一块小小的林间草地。在那块林地中间，常有一群褐马鸡出没，格拉注意那里已经很久了。这天，他准备到这块林间草地野鸡出没的灌木丛小径中下两个套子。但没想到，他会在那里看见了恩波。中午时分，直射的太阳把林间草地上软绵绵的枯草照出金属般的光亮。他正弯腰下套子的时候，听见大野兽一样沉重的脚步响了过来。他仍弯腰在灌木丛中，但身上的肌肉与神经都绷紧了。一进入山林，他自己也像是一只机警敏捷的野兽。然后，他听见了一声沉重的叹息。

原来是一个人，原来是恩波。

这个被抬木头的重活弄得疲惫不堪的前和尚，一下就躺倒在草地上。有好长时间，这个把身子瘫在草地上的男人一动不动，很久才又发出了一声无奈的叹息。然后，他坐起身来，晃动着右边那只还不习惯木头沉重分量的肩膀。他在温暖的阳光下，脱去一件外套，再脱衬衣时，发现衬衣和肩上的伤口黏结在一起了。

这个男人嘴里咝咝地倒吸着凉气，一点点把衬衣从伤口上揭下来。最后，他有些生气了，闷着嗓子哼哼了一声，把衬衣从肩上扯了下来。格拉看到了他的光头上渗出的汗水，因此感到了他的疼痛。他仰起脸，对着天空露出了对命运不解并不堪忍受的痛苦神情。要是上天真的有眼，看见这样的神情，也不会不动恻隐之心。

但人们说得对，就算天上真有神灵，也移座到别的土地与人民头顶的天空中去了。

格拉从灌木丛中直起身来，朝恩波走去，目光落在恩波正渗出脓血的肩头上。

看清了来人，恩波脸上吃惊的神情消失了。

他有些木然地看着格拉朝他走来。格拉对他笑了一下，但笑得很尴尬，很难看，很艰难。恩波也要回应一个笑容，但他还没有笑出来，就把笑容硬生生地收回去了。这一来，格拉已经到嘴边的问候的话也硬邦邦地哽在喉头，吐不出来，也咽不回去了。两个人就这样默默对视着，脸上表情僵硬，眼里的神情却千变万化：自责，愤怒，同情，哀怨，委屈，无奈，怜悯和追问交替出现，相互包含。身子四周，披覆着深绿针叶的杉树耸立四周，阳光落在草地上，蒸发着水分的枯草发出细密声响。

恩波终于吃不住这种眼光了。他别开脸，飞快地穿好衣裳，飞快地穿过草地，有些跌跌撞撞的身影就消失在树林中了。

格拉觉得自己要流泪了。他向着天空仰起脸，在这个他妈冷酷无比的世道里流泪是没有什么用处的。那一圈用高大的杉树树冠镶边的天空中，有些稀薄的，被高天上的冷风撕扯和驱赶的很细碎的云彩飞过。格拉的泪水慢慢流回去了，你他妈的真有意思，眼泪说来就来了。格拉又走回灌木丛中，从浮土上看到马鸡在自己的小径上走过时留下的印迹。他一下一下伸缩着颈项，脸上做出很庄重的神情，模仿着马鸡在林中悠闲踱步时特别的姿态，手上却一直忙活着，在正好是马鸡那一伸一缩的脑袋的高度上安好了柔软的绳套。这时，他像是被谁扼住了喉咙一样，低沉地哼哼一声，翻倒在地上。这是马鸡中了圈套的样子。他倒在地上，上半身微微抬起，头被假想中的绳套吊在树上，双腿猛烈蹬踢，双手像鸟翅一样痉挛般地猛烈扑扇。

最后，他很悲戚地在喉咙深处哼哼了一声，一翻眼白，身子僵住，死去了。他妈的，那只即将上套的马鸡和那些已经上套的马鸡，就是这样挣扎着死去的。格拉躺在地上，用手抚摸着自己的颈项，好像那个地方真的被绳套勒住了一样。他躺在地上，疯狂地笑了，一直笑到真像被绳套勒住了脖子一样喘不上气来了，直到笑得泪流满面，他妈的，笑出来的眼泪不算是对这个冷酷的世界的乞求与哀告。

恩波没有走远，听到格拉弄出那许多动静时，又不放心地走了回来。这个孩子那复杂的表情与眼神使他放不下心来。他走回来，正看见格拉安好了绳套，自己扼住自己的脖子，倒在地上模仿野鸡上套和死亡。跟格拉差不多大小的孩子，只知道害怕死亡，而这个孩子，已经把生命在死神逼近时的恐惧、挣扎，甚至意识到死神不可逃避时的放弃与解脱体会到这样一种程度，真是令人心寒。直到看到格拉流出了那么些眼泪，他才心里一松，就好了，好了，哭一哭就好了，这才一狠心，转身走出树林，回到抬木头的行列中去了。

接下来的日子里，这两个人都互相回避着不要见面了。

只要这个人远远地看见了另一个人的身影，这个人就会选择另外的路径。

恩波一家，也都有意回避着格拉。

格拉也他妈的不再惦记他们了。有时，可以看到兔子怯生生地跟在那群野兽一样的孩子身后，他脖子上依然缠着脏污的绷带。如果说那群总是粗野地呼啸而来又呼啸而去的孩子，像是一个旋风，那他总不在旋风的中间，他总是在边缘，像是被旋风从中心甩出来的一块杂物，零落而孤单。

十三

又一个春天来到了。

溪流上的冰盖融化了，土地解冻了，苏醒了，四野里流动着沃土有些甘甜的气息。树木也苏醒了，在刚解冻的土地里伸展开根须，拼命地吮吸，把尽量多的水分送上高处的树干和树枝，萧瑟了一个冬天的树林梢头泛出了浅浅的绿意。

这个春天开始的时候，格拉扔鞭炮炸伤了兔子的谣言好像也止息了。虽然说，格拉还会有意无意地听到兔子伤势起伏的消息。他的伤口化脓了，人发烧了。但过几天，这孩子又出现了。那是说，他的伤口又长好了，烧也退了。其实，就是没有这个伤口，他也经常发个烧啊，拉个肚子啊什么的。春天，树木啊，野草啊正恢复生机，但却是动物正孱弱的时候。就看村里那群现在由江村贡布喇嘛放牧的羊吧，经过一个冬天，这些羊都很瘦弱了，吃着刚露头的可口青草，胃又受不了，拉稀，加上春风一吹，冻得硬邦邦的骨头都酥软了，好不容易熬过了冬天的羊，走着走着，腿一软，跪倒在地上，再也起不来了。

在格拉眼中，兔子很像那些熬不过春天的羊。

要是他是格拉这样没人看顾的野孩子，早就曝尸荒野了。好在他有人看顾，奶奶、爸爸、妈妈和舅爷。一年四季都好吃好喝侍候着，都成长得这样吃力而艰难。

过一段时间，会从山外开来几辆卡车，把抬到公路边的木头拉走。这时，男人们还要肩扛背顶把这些沉重的木头装上卡车。村里这群孩子，就围着卡车奔跑，尖叫，欢笑。兔子站在远一点的地方，静静地待着，站得累了，他就坐在地上。有风起来的时候,不放心的额席江奶奶就出门来寻，带他回家。

格拉站在别人都看不到他，而他看得到别人的更远的地方。

他整天在林间奔忙，在林间搜寻着各种动物足迹，得心应手地设置着各式各样的死亡陷阱。他自己差不多都变成一个野人了。每天，他只是从那些树林的间隙里，看着人们劳碌奔忙。至少在这样的时候，他比那些人幸福，或者说，至少有这样一个时候，他要比所有的机村人都要幸福，因为眼下所干的事情，是他所想要干的，而且有着不断的收获。但那些人，被沉重的劳动压弯了腰杆，一天劳碌下来，只是由别人舔着笔尖，在一个小本子上记下几个工分。

砍木头已经成了村里男人们一项经常性的劳动。

开荒地上的树抬完后，砍伐的对象变成了村东向阳山坡上，那些漂亮修长的白桦树。这片漂亮的树林是村里的神树林。村里那眼四近有名的甜水泉的水脉就来自那片白桦林下。

但现在，上面来人要机村人对这片树林动刀斧了。公社的、林业局的干部，还有来自更远更大地方的建设委员会的干部坐着好几部吉普车来到了村里，在广场上召开了全村的群众大会。这个大会像所有的群众大会一样，先斗争村里的四类分子。然后，听上面来的人念大张的报纸。然后，人们就知道上面又要让自己干些以前没有干过的事情了。

要是不干事情，或者只干过去干过的事情，那还是新社会吗？

这话是新一代的积极分子、民兵排长索波说的。新社会也真是厉害，谁也没有见过它的面，它从来不亲自干任何一件事情，它想干事情的时候，总能在机村找到心甘情愿来干这些事情的积极分子。据说，不只是机村，在机村附近的村落里也都是这样，甚至比机村附近的整个山地都还要广大许多的整个中国都是这样。那么，这个新社会是比旧社会人们相信的神灵都还法力强大了。

新社会派来的干部说，那些白桦树林要伐掉。

积极分子索波们都表示同意，说早就该伐掉了。大会中断了，拥护号召的积极分子被干部们召集到生产队的仓库里开一个小会。全村的成年人——也就是人民公社社员们继续坐在广场上。仓库里的小会开完了，干部们的吉普车屁股后冒一股青烟，继而扬起大片的尘土。吉普车开远了，转过几道弯，消失在峡谷深处了。送行的积极分子们还兴奋得满脸红光。转身，社员大会继续进行。大队长讲不清楚小会的内容，就由年轻的、能够更迅速领会上级意图的索波来传达那个小会的精神。

索波说，现在，在四川的省会城市，正在兴建一个肯定比所有的黑头藏民眼睛看到过，和脑子能够想象出来的宫殿都还要巨大的宫殿。这个宫殿，是献给比所有往世的佛与现世的佛都要伟大的毛主席的。

下面有人问："那就是说，毛主席就要住在那座宫殿里了？"

"不，"索波脸上露出了讥讽的神情，说，"你这个猪脑子，毛主席住在北京的金山上，那里有更加巨大辉煌的宫殿。他老人家怎么会住到一个省城里呢？"

"那为什么还要在那里盖一个大房子呢？"

"笨蛋，是宫殿。宫殿肯定是大房子，但不是所有大房子都是宫殿。"索波不但是一个积极分子，而且，在这些事情上，他是比机村这些蒙昧的人要懂得多很多，"那个宫殿，只是献给毛主席，祝他万寿无疆的，宫殿的名字就叫万岁宫！"

人群中嗡的一声，发出了树林被风突然撼动的那种声音。

"那不就是，那不就是封建迷信吗？"恩波从人丛中站起来，"不是说，相信人灵魂不死，说人能活比一百年还久的时间，都是封建迷信吗？"

人群中又嗡的一声，突然而至的风又撼动了密密的森林。

索波回答不了这个问题，但他也可以不回答这个问题。处在目前的地位上，他只需做出一个威胁性的神情就够了。于是，他睁圆了眼睛，扭一扭脖子，带着含有深意的笑意说："哦，看来还俗和尚有话要说，恩波同志，我请你再说一遍，刚才我没有听清楚。”

旁边有人伸出手来，拉着恩波坐下了。

索波清清嗓子，说：“大家听清楚了，献给领袖的万岁宫里要有来自全省各地的最好的东西。我们有什么？我们要献上山坡上那些桦树！”他详细宣布了，这些桦木要切成整齐的段子，要光滑端直，没有啄木鸟啄出的洞，没有节疤，要一般粗细，口径太小与太大都不合规格。“毛主席喜欢整整齐齐的东西，知道吗，他喜欢整整齐齐的东西！”

第二天，村东头的山坡上，就响起了斧子的声音。斧子的声音打破了那漂亮树林的平静。一株株修长挺直的白桦树，吱吱嘎嘎旋转着树冠，有些不情愿地轰然倒下。一直为这些树捉虫治病的树医生啄木鸟飞走了。兔鼠们慌慌张张地四散奔逃，狐狸、喜鹊，还有胆小的林麝都挪窝了。一头被惊扰的熊愤怒了，向伐木人猛扑，被几发步枪子弹打倒了。有了一头大熊的肉，加上一点酒，对桦林开斧的那一天，就成了一个小小的节日。

这一天被机村人永远记住，还因为，就在开斧的这一天，有人奔上山来，然后，把慌慌张张的恩波叫下山去。

过了好多年以后，当时的人们都上了年纪，都会回忆说，我们对桦林开斧的那一天，恩波家头一个孩子就不行了。他们说，那个孩子是活不下去的，他是来收债的，收完债他就走了。他出生以后，他妈妈就没有再怀孩子，但他一走，半年不到，他妈妈的肚子就挺起来。勒尔金措一口气在五年里生下来三个孩子，而这三个孩子——两个女孩一个男孩都身体强壮顽健无比。当然，这一切都是后话了。

话说这一天，兔子吃完了奶奶特意为他熬的滋补肉汤，就听见了窗外那群野孩子的呼哨声，他站起身来，准备下楼，好像又有些犹豫不决。额席江听见他用困惑不解的声音叫了声奶奶。

奶奶没有抬头，她说："我晓得，你其实还是喜欢和格拉在一起，可我有什么办法呢？你跟我一样，都不想让你的妈妈爸爸不高兴。哎，他们心里都是很苦的，你，还有我这样没用的人，能做的就是不要让他们更加不高兴。"

兔子用吃惊的声音又叫了一声："奶奶。"

奶奶这才抬起头来，她看到孙子的本来就苍白的脸，这时更是白得像一张没有印字的纸。兔子的手把脏污的绷带扯下来，从伤口上抓下来一把什么，向她伸了过来。

不祥的感觉一下就把奶奶击中了。

孩子脸色白得像地狱里的鬼魂一样。这个鬼魂把无助的手向她伸了过来。兔子里面溃烂的伤口彻底爆开了。他把沾满脓血的手，向着奶奶伸来，整个身子也倒了过来。奶奶抱着倒在怀里的昏迷的孩子，连连呼唤天神与佛祖的名字。但她并不能听到回应。只有那个爆开的伤口，慢慢地溢出脓血。在这么长的日子里，那个从外面已经合拢的伤口，却在里面腐烂。最后，像一枚成熟的果实一样，炸开了。

兔子又睁开了一次眼睛，又轻轻地叫了一声奶奶，他轻声地说，现在，他感到舒服了。

但奶奶知道，生命，正在离开这个孱弱的身体，这个从一降生就使自己和家人都饱受折磨的瘦弱的躯体。奶奶再次抬起头，向上仰望，但她什么也没有看见。没有看见来接引这个可怜孩子灵魂的神灵，也没有看到灵魂的飞升。她这才嘤嘤地哭了起来。

兔子将死的消息飞快地传遍了全村，但一个孩子来到人世与离开这个人世，从来不是一个什么了不得的事件。人们只是叹息一声，说："他的罪遭完了。"

"他家人的罪遭完了。"

除了恩波一家人匆忙地奔回家去以外，所有的工作都没停下来。恩波是最后一个回到家里的。兔子已经昏迷过去，一看那张脸，就晓得他再也不会醒过来了。勒尔金措好像害怕一样，远远坐在火塘的另外一边，一脸木然。江村贡布喇嘛坐在孩子身边，念诵着为灵魂超度的经文。恩波把孩子的手抓在手里，这小手是多么细弱而冰凉啊。额席江打来一盆水，恩波拿起毛巾，一点点把他的小手，他的小脸，擦拭干净。从擦拭干净的地方，从苍白的皮肤下面，正渗透出死亡的灰色。

这个时候，格拉还在林子中间奔忙。这段时间，他和母亲吃了那么多的野禽肉。他觉得自己在林中奔走，越来越灵巧有力，而他那疯疯癫癫的母亲，一张脸上，竟渗透出了好看的红润。这样健康的红润，在当今的机村就是从年轻姑娘脸上也难以见到了。有时，那与白发共生的红润就是格拉见了也有种不好的感觉。所以，村里人都说，桑丹可能是个妖怪就没有什么好奇怪的了。

兔子生命垂危的消息在机村传开的同时，那个谣言又复活了。

人们不说兔子要死了，而是说，看看，恩波家的兔子，终于叫那个妖怪生的小杂种害死了。

黄昏时分，格拉带着这一天的猎获物，从林子中回来时，他看见人们对着他指指点点，就知道，有什么不好的事情发生了。他生着一只野兽般灵敏的鼻子，很快就嗅出了空气中的恶意，这种恶意使他非常不安。桑丹把野鸡开了膛下锅的时候，石头就砸在了他家的门上。然后，他听见了那群野孩子在唱：“格拉，格拉，杀兔子的格拉！桑丹，桑丹，吃兔子的桑丹！”

格拉脑袋轰然一下，知道是兔子出事了。

他一拉开门，好几块石头就飞了过来。一块石头击中了他的额头，他摇晃一下身子站住了。血从他捂住伤口的指缝间流了出来。格拉露出凶恶的神情。那群孩子呼啸一声跑远了。他们继续用整齐的调子唱：

格拉，格拉，
杀死兔子的格拉！
桑丹，桑丹，
生吃兔子的桑丹！

而那些成年人，都站在自家门前，对就发生在眼前的事情熟视无睹。

愤怒之极的格拉去追打这些孩子，这些孩子见他追来就一哄而散。当他停止追击的时候，就又聚集起来，歌唱了。

这声音也传进了恩波家的石楼里，一遍两遍三遍。勒尔金措也开始随着这符咒的节奏念叨起来了：“格拉，格拉；

桑丹，桑丹。”

她这样念叨的时候，脸上惊惶的神情被仇恨替代了。本来， 她不但自己坐得远远的，连眼光都躲避着这个方向。现在，她慢慢转过脸来，嘴里不停不息：“格拉格拉，桑丹桑丹。”而眼光定定地落在恩波身上。那眼光很复杂，里面有着很多很多的话。勒尔金措的眼睛好些年没有这样说过话了。这让恩波恍然想起，以前，这个女人是一个美女。美女的眼睛都是会说话的。后来，这个美女嫁给了他，这个美女生了兔子，她的眼睛就不说话了。今天，她的眼睛又活过来了，但主调不再是爱与怜悯，而是仇恨与对他这个丈夫的埋怨。

窗外的人还在唱着散布怀疑与仇恨的歌。

一个人要走了，这个世道还要把仇恨与怀疑的种子作为临别的礼物，他们是要兔子把这带满了孽缘的种子带到另外一个世界去吗？恩波不断地摇着头。儿子正躺在他怀里，他可以清楚地感到生命的热力正离开兔子瘦弱的身体，但他心里竟有些宽慰。按过去的寺庙里学来的关于死亡的知识，兔子的灵魂这时已经离开身体了，这时的灵魂已经把借助肉体的感官连接世界的通道关闭了。灵魂变成了一个只倾听自己的轻盈的自在的东西。所以，兔子已经听不见那些恶毒的诅咒一样的欢歌了。

想到这些，恩波终于把头抵在儿子还有着细弱心跳的胸前，泪水汹涌而出。就在这时，他感到兔子生命短暂的历程结束了。他慢慢收住了泪水，把儿子遗体轻轻放在地板上，屋子里一下就静下来，看着他用一块布把兔子从头到脚盖起来。这块布一盖上，从此，有着骨肉亲情的人就永远阴阳相隔了。布盖到兔子脸上的时候，恩波的手慢下来，他把眼光转向了勒尔金措，但孩子的妈妈又把脸别开了。恩波就把那块布盖上了。

就在这时，一阵清晰的痛楚袭上恩波心头。那块布盖在兔子身上，就像下面什么都没有，布就直接盖在地板上一样。恩波的眼泪又涌出来："看，他是多么瘦小啊！也好，他活着也真是受罪，儿子，你来到我家，遭了大罪了，现在好了，孽债已了，找一个世道好的地方转生去吧。"

孩子的妈妈好像对儿子的离去浑然不觉，仍然跟着外面的人念叨："格拉格拉，桑丹桑丹。"但那念叨已经变得越来越机械了。恩波抓住她的肩膀，猛烈摇晃几下，她才倒在恩波怀中，撕心裂肺地哭了。她边哭边念叨："恩波，我苦命啊，不苦命怎么会嫁给你。恩波，我苦命，不苦命怎么会生下这样的孩子。天哪，我苦命啊，不苦命怎么会让一个野种把我儿子杀死了！"

恩波想制止妻子，但这个可怜的女人，发泄一下也是好的。再说，兔子的死，格拉好像确实脱不了干系。恩波是和尚出身，相信命数，相信那枚鞭炮不是格拉有意扔的。如果真是格拉扔的，那也是冥冥之中的神秘力量叫他扔出来的。

安静了片刻的窗外，这时又响起了那帮孩子嚣张的歌唱。恩波站起身，推开了窗户，他要向这些人宣布兔子已经死了。他要对这些狼一样嗥叫的人说，死亡就是解脱和宽恕。这样的话，他不只要讲给外面的那些人听，也要讲给可怜的妻子听，同时也讲给自己听。但他的宽恕之道在如今这个世道已经没有什么力量了。他一推开窗户，就看见了暴行——由一群本该天真快乐的孩子集体施行的暴行。

他看见了那群歌唱的孩子。他们就聚集在他家院子的栅栏外面，摇晃着身子，入迷地歌唱着。这时，格拉像一头潜行的狼一样，出现在他们身后。隔着夜色，恩波不可能看到他满脸泪水，也不可能看到他眼露狼一样的凶光。但从那身姿上，就看到了一种凶狠的味道。格拉嘴里发出一声可怕的啸叫，一头就向他们撞了过去。好几个孩子被撞翻在地上，发出了痛苦而惊惧的叫声。但他们很快就站起身来，向格拉扑了过去，拳脚齐下。

这情景把想做宽恕宣喻的和尚恩波惊呆了。

额席江伏在另一个窗口上恸哭，枯干的双手举向上天，歌唱一般痛哭："可怜的兔子，上天告诉老天爷一声，如果这个下界不是他的下界，那就请他眷顾一下。我的兔子啊，你升天的灵魂，你问问老天爷，你一定要问他一问，他老人家总不能让所有人都堕入畜道吧！"

人们这才知道，兔子已经死了。

那群野兽一般的孩子住了手，气喘吁吁地抬眼去看那长声哭诉的老人。格拉从地上爬起来。他伸手擦脸，不但没把脸上的屈辱与愤怒抹掉，反而把溢出嘴角与鼻孔的血抹了个满脸。用鞭炮杀死他的好朋友兔子的那个人就在这群人中间，制造了最初谣言的那个人就在这群人中间。"兔子弟弟死了？"他问。那些人脸上真的露出了兔子就是他杀死的那种神情，人多力量大，这种统一的神情就是定论，就是宣判。他的愤怒消失了，众口一词的力量使他生出了一个真正罪人的感觉，像罪人那样害怕，像罪人那样小心翼翼地问："兔子弟弟真的死了？"

"是的，是你杀死了他！"他们齐声向他喊。

"不，不是我，"他的辩解是那么无力，像一个真正凶手的辩解那样软弱无力，"不是我。"

“是他，是他！”这群孩子沉寂了片刻之后，又欢实起来了，他们对着现身在楼上窗口的恩波，用索波麾下的民兵训练时喊口令一样整齐的声音喊：“是他，是他！”

格拉来到了恩波家的窗下，他仰起脸来，看见恩波正目无表情地俯视着他。格拉的犯罪感更强了。

他绝望地对着上面喊：“恩波叔叔，他们说的是假话，你晓得他们说的是假话！”

恩波脸上没有一点表情。

格拉继续哭求：“恩波叔叔，你开开恩，让我来看看兔子弟弟吧！”

恩波脸上依然没有表情，额席江奶奶却尖叫起来：“不！你们这些催命鬼走开！”

愤怒使格拉抖得像一片冷风中的枯叶，一双看不见的手那么有力，狠狠地把他的喉咙扼住了，但他更感到害怕，他乞求般地喊道：“奶奶，兔子亲口说的，鞭炮不是我扔的，你在场，你听见了！”

额席江本来耳朵就背，这时，在一片人声喧哗中，就更是什么都听不见了。格拉想把声音提高一些，但就像梦魇一般，什么东西重重地堵在心口上，他嘴里发出的声音，连自己都快听不出来了。他想再喊，但楼上的人缩回了身子，把窗户紧紧关上了。

围观的人们，有的上楼去守灵，剩下的就散开回家了。格拉就坐在恩波家的院子里，手脚像死人一样冰凉。

十四

第二天早上，兔子就被火葬了。

地点就在原来的天葬台旁边。机村的天葬，已经好多年没有举行了。天葬是一个人用躯体对这个世界最后一次的施舍，天葬还包含着借鹰翅使灵魂升天的强烈愿望。不论施舍还是升天，都带着强烈的宗教色彩。而今，寺庙颓圮，天堂之门关闭，日子蒙尘。人们内心也不再相信这个世界之外还有什么美好存在了。

天葬的习俗也就无声无息地消失了。

汉地的土葬方式传来了，虽然人们都害怕死后被埋入黑暗冰凉的地下，成为蛆虫的食物。但连死去的天葬师都被埋入了地下，别人也就没有什么好说的了。火葬只是一种潦草的葬法。就像兔子一样死因乖张的人才会送去火葬。

和一大堆干柴比起来，兔子的身躯实在是太小太小了。

天蒙蒙亮时，参加火葬完毕的男人们已经回到了村里。恩波在火塘边坐下时，感到家里压抑的气氛已然松动了。舅舅和老妈妈脸色平静安详。勒尔金措甚至对他浅笑了一下。他从怀里把带到火葬地的陶罐从怀里掏出来，那本是家里的盐罐。

勒尔金措指指罐子，小声问："他，也回来了？"对那个离开的人，称呼已经改变了，是他，而不是兔子了。

恩波觉得自己也浅浅地笑了一下，说："不，没有回来，本来我是要带他回来的。"

平常难得说句话的江村贡布说："其实，这样最好。"

没有了兔子，一家人没有了需要特别照顾的对象，都安详地坐在那里，听恩波描述熊熊的大火如何包围了高高柴堆上那个小小的身体。他说，那感觉不是一个人的身体被焚烧，而是被呼呼抖动的火焰托举起来。火苗灼热的舌头伸缩一阵，那个可怜的身躯就变小一点，就像一个人被一件件脱去衣服一样。最后，当那个巨大的柴堆都烧得通红了，火堆塌陷下来，那个躯体就消失了。

他们一直等到火堆燃尽。照例，灰堆里会扒拉出来一些骨头的碎屑。但在这些灰烬就要冷透的时候，一阵风吹来，把这些灰轻轻吹起来，散布到四野里。吹尽了那些灰，风也停了。结果，地上，除了烧成了赭红色的硬邦邦泥土外，什么都没有剩下。

“真是奇妙啊！”恩波用这句赞叹奇迹的口吻结束了他的故事。

“上天把他带走了。”

“他那么善良，那么脆弱，那么敏感，本不是属于人间的啊。”

“他让我们忘了他，”江村贡布总结说，“那我们就忘了他吧。”

额席江把那个本来要装骨殖的陶罐又重新装上了盐，原先倒出来的盐，还没有找到一个合适容器，就堆在一张谁也不认识一个字的《人民日报》上。盐沙沙地倒回了罐子，奶奶拍拍手说：“好啦，上天把上天的人收走了。我们家会有健康的孩子降生了。”她故作轻松的语气里其实也有真正的轻松。

勒尔金措似有深意地看了恩波一眼，脸孔比往常生动了许多。

江村贡布又说：“要是还想把这艰难的日子过得好一点，还要把那个扔鞭炮的人也忘掉才是啊。”

“不。”

“不。”

江村贡布的话音未落，恩波和勒尔金措都很坚定地说。说完，他们都互相会心地望了一眼，眼里都露出了无比坚定的神情。这个男人和女人同在一个床上睡觉，都好久没有这样彼此看过一眼对方了。失子的疼痛消失得比预想要快，但仇恨的种子一旦落到心里，就很难从里面取出来了。江村贡布在寺庙的时候，深研细究过很多佛教经典，里面都是劝善之道，但他现在知道，一旦仇恨的种子埋进心里，那些教喻是多么空洞无力啊。

江村贡布并没有因向善教喻的无力而悲伤太久。当今之世，这些教喻正被新社会从生活中彻底清除，考究教喻本身有力与无力还有什么意义呢。前喇嘛摇了摇头，就把自己解脱了。

因为家里死了人，生产队派了人特意传话来说，准他们几天假，休息两三天，缓过气来再去上工。

“羊倌一休息，羊群就饿死了。”江村贡布出了门，不一会儿，坐在屋里的人也就听见他赶着羊穿过广场，杂沓的蹄声中传来羊们听上去总显得悲哀无助的咩咩的叫声。

勒尔金措轻声说：“我累了，生产队准我不下地播种，我想睡一会儿。”说完，就一歪身子把头靠在了丈夫腿上。

恩波说：“他们也准我不上山砍树，你就靠着我好好睡吧。”

奶奶看见这对多年来都像陌生人一样的夫妻又依偎在一起了。她双手合十，对着看不见的神灵做了一个感谢的手势，说：“你们歇着，我出门去走走。”

她回到自己房间里，换了一身干净的衣服。

额席江出门时看见，喇嘛江村贡布放牧的羊群已经散开在山坡上了。她说：“哦，我可怜的兄弟。”

出了村，她慢慢地往火葬兔子的地方走去。她知道，有一个人鬼影一样跟在她身后。她知道那个人是谁。但她没有心思理会。这个人虽然还生活在村里，但从此，跟他们就没有什么关系了。只是因为家里来了那个如今已经离去的人，这个人才走进了他们的生活。现在，那个人回天上去了，这个野种就跟他们没有什么关系了。走了一段，她感觉到这个人还跟在自己身后，就低声说：“狗要跟在有骨头的人后面，跟在一个没用的老奶奶身后，有什么用处呢？”

她听到格拉在身后，沙哑着嗓子叫了一声奶奶。但她没有回头，因为她告诉自己什么都没有听见。在需要听不见的时候，她就是一个耳背的老人。这一天，她都坐在刚刚火葬了一个人的地方，看着那片烧成一片赭红的焦土。赭红的焦土周围，是一圈烤焦了的草。这圈草的周围，就是这个季节一片青绿的草地了。奶奶就坐在青草地上，看着那片红色的泥土，上面，确实像恩波所说的那样，没有一点灰烬，不管是木柴的灰烬还是那个躯体的灰烬。

她禁不住叹了一声："烧得真干净啊！"

额席江端端正正地坐在那里，出一会儿神，又赞了一声："走得真干净啊！"

她看看天空，再看看山下那个灰蒙蒙的村庄，那里一个个日子都蒙满了尘垢。她突然生出一个念头，不想再回到那种日子里去了。在她背后，一块突起的岩石就是原来天葬的地方。新社会还没来，她的丈夫就从那里离开了这个村子。也像他未曾谋面的孙子一样，走得干干净净，连一粒尘土都没有留下。她本来想对这个人说点什么，但这个人已经走了十多年了，她连他的大致模样都想不起来了。跟一个连模样都看不清的人说话真是太不可思议了。

那么，她就什么都不用说了。

本来，她出门的时候，换了一身干净的衣服，是因为到这样的地方，要对死者的灵魂表示敬重。但现在，她突然就不想回去了，她也要走了。早知道这样，她该把压了多年箱子底的首饰戴上一点。但没戴就没戴吧。好在，她还带了一把木梳。本来，她是想，再也不用带一个病恹恹的孩子，自己要找一个清静的地方坐下来，好好梳梳头。

村里的老年人一个个都蓬头垢面，好像一个老年人就应该是这样的。这时，她感到那个孩子走到身后来了。她说："那么，你就过来，坐下来吧。"

格拉就从躲着的地方来到了面前。

"坐下吧。"

格拉就坐下了："奶奶，你知道，不是……"

奶奶竖起手指，嘘了一声，说："你看，他走了，干干净净地走了。你就不要再说了。"

格拉哭了起来："你也不相信我。"

奶奶说："兔子已经受完了他的苦，你的苦还没有受完。说这些是没有用的。兔子说不是你都没有用，我说又有什么用呢？"

格拉说："那我怎么办啊？"

"来吧，替我梳梳头吧，我没有力气把手举起来那么久了。"

格拉就替奶奶梳头，一下一下，每一下，都会拉断一些雪白的头发。奶奶把这些头发都收起来，仔细地缠绕在手指上，缠满了一根手指，又去缠另一根手指。纠结的头发慢慢松散，柔顺了，在太阳底下，闪烁着一点丝质的光芒了。奶奶说："我年轻的时候，头发很漂亮的。有些男人，只从背后看看我缎子一样闪光、瀑布一样悬垂的头发就爱上我了。"

格拉说："哦。"

"他们还编了我头发的歌呢。"

格拉还是说："哦。"

奶奶就有些生气了："哦，哦，你就只会说哑巴都会说的两个字吗？哦，见鬼，我也说这个字了，不怪你，不怪你，现在的人已经不会为眼前的事物赞美和歌唱了。我都要走的人了，还对你发什么火呢？可怜的格拉，我不对你发火了。"

"奶奶，为什么我不想惹人生气，人家却老对我生气呢？"

"我不知道。"

"为什么我不想干坏事，但坏事总是我干的？"

"我累了，孩子，不想再费脑子了。兔子，还有兔子的爷爷都干干净净地走了，你把我的头梳好，我也要干干净净地走了。"

格拉说："我也不想待在机村，但我没有办法走开，走开了也要让人给赶回来，再说，还有我的阿妈，如果没有她，我真的也要走了。"

奶奶呵呵地笑了两声，什么都没有说。她和格拉说的是两个意思。当年，恩波去寻找格拉母子，几天后，他狼狈地回来，说到处都有人把住路口和桥梁，没有一张纸符，就不允许去别的地方，她觉得那是儿子编出来的一个故事，一个让自己从不体面的事情中解脱出来的一个借口，如今听格拉说这话，才晓得这事情是真的。上天怜悯，在临走之前，心里存着的一个大疙瘩也解开了。

"那他们为什么不让人想去什么地方就去什么地方呢？"

"我想那些把守路口的人他们也不知道。"

"可怜的人。"

"但他们打起人来真狠啊！"

"可怜的人总是互相折磨的。"两个人都沉默着，梳子一下又一下，梳齿在头发间穿梭，使一切纠结的清爽，使一切夹缠的柔顺。奶奶叹了一口气："可怜的格拉。你要好好长大。"

"奶奶，我会长大的，等我长大了，我要把有些人杀了。"

"孩子，也许等你长大了，就不这么想了。"

格拉的额头皱起来，脸上露出很老气的神情："是他们逼我这样想。他们不会放过我的，我也不会放过他们。现在，我的力气还小，我还要照顾我阿妈。"

这时，头梳完了。格拉没有想到梳掉了那么多头发，奶奶头上还留下了这么多，本来他以为，等他把这个头打理完，上面什么也不会剩下了。格拉说："你说年轻时你的头发很漂亮，现在我相信了。"

奶奶说："可惜没有一面镜子。"

格拉说："你回家时再照吧。"

奶奶望望天，伸出整整齐齐缠绕着银发的手指，在阳光下旋转，那些头发就闪出缎子一样的闪光。她咯咯地笑了，说："你看，这些头发血气还旺着呢。它的主人是可以再活的，可她不想活了。这个世道没有什么可以指望的东西了。"

格拉说："奶奶你等等，我下山去取一面镜子。"

奶奶说："你坐下。坐到我面前。"

看着格拉这个野孩子如此顺从安静地坐在她面前，额席江奶奶脸上露出了满意的笑容。她用手抚一抚光可鉴人的头发，挺直了腰身，把散开的衣裾敛到盘坐着的腿下，说："我有些话要告诉你。我要走了，我一走，就没有人告诉你这些话了。”

现在，格拉好像懂得了奶奶这句话的含义，大滴的泪水从脸上滑落下来。奶奶絮絮地交代了，就让他走，他就下山去了。

走到半路，他停了一下，他觉得，就是这个时候，不想再回到机村艰难日子里的奶奶离开了。

他记起了奶奶最后的交代，不要去告诉任何人，他们自己会晓得的。格拉就没有告诉。格拉还记得奶奶说：“如果以后，还有人因为兔子的事情记恨你，你也不要感到太冤屈。至少，像我们家的恩波，他自己心里也是非常难过。”说完这个，奶奶又笑了，格拉觉得，额席江奶奶此时的笑容，跟桑丹那标志性的糊涂的笑已经很相像了。但奶奶说出来的话却前所未有地清醒，她说：“兔子这样的人，不是白白来到这个世上的，他是来收债的，过去我们欠了他的债，我已经还清了，你，恩波，还没有还清。还有人正在欠下新的债。”

十五

奶奶的葬礼，格拉没有去参加。

自此以后，格拉就按照奶奶的嘱咐，从村子里隐身了一样。只要他不想见村里的人，村里自然没有人牵挂着他。他早出晚归。一清早，他就出门了，潜入了林中。他整天都在山林中追寻猎物，熟悉了兽踪鸟路，但凡在他下了套子的地方，没有一个过路的活物能够幸免。下好套子，他总是蹲伏在附近，直到猎物中了机关。他看着猎物在死亡的圈套里拼命挣扎。一旦钻进了套子，这样的挣扎就显得很徒然了，那只能使脖子上的绳套勒得更紧，只能使死神更快地降临。

每天，他都在林中进行这无声的猎杀。

他甚至想，这样不停手地杀下去，要不了多久，这些林子里，就不会再有活物了。但他从春天杀到夏天，又从夏天杀到冬天，林子里野物也没有减少的迹象。随着他对森林秘密的洞悉，反而觉得可供猎杀的野物是越来越多了。好像是他的猎杀，刺激了野物们的生殖力。只要他停下脚步，竖起耳朵，便能听到这里那里都有野物们的动静。一只野兔正在奔跑，三只松鸡在土里刨食，一只猫头鹰蹲在树枝上梦呓。而他，每天只要一只猎物就够了。

每天，他来到林中，天才慢慢亮起来。对他这样一个熟练的猎手来说，白天还十分漫长。他慢慢在林中行走，看看那群猴子新的猴王产生没有。有只鹞子的窝被风吹歪了。有窝冬眠的熊，洞口伪装得不是很好，他要加上一些东西，帮忙掩藏起来。太阳出来，草地上的霜化开，他就会下套子了。下好套子，他就在附近等着。等待的时候，他故意把脑子停下来，腾空了，不去想别的事情。太阳把草地晒得暖和了，他就会倒在草地上睡过去。睡过去的时候，他也警告自己不要做梦，果然，他就不做梦。这些都是额席江奶奶临走的时候交代他的。凡是奶奶嘱咐的事情，他都照着去做，而且，都不费什么劲就做到了。

他想，既然人们把人死说成上天，那他相信，上了天的奶奶并没有走远，就在天上的某个地方关照着他。但他看看天空，却只看见天空深深的蓝，看见风驱赶着云，一会儿从东边飘到西边，一会儿，又从南边飘到北边。

这天，他又去看望那头鹿。那头鹿被一个大人下的套子夹伤了双腿。格拉把那个猎人的套子毁掉，救下了那头鹿。开始，他去看它的时候，它会害怕地跑开一段，又回过头来向他张望。但后来，人和鹿的距离一天天靠近了。直到有一天，他把手伸出去，那头鹿也没有跑开。鹿子水汪汪的大眼睛眨巴着，显出天空和天空中的云影，他再走近一些，就从鹿眼中看见了自己。一个蓬头垢面的、眼神机警的野人。

鹿子温暖的舌头伸出来，舔着他的手，一股幸福的暖流贯通了他全身，他说："鹿啊，没有人做我的朋友，你就做我的朋友吧。"

从此，他就有一头鹿做朋友了。

他带去盐给鹿抹在嘴唇上，鹿很喜欢，他带去酥油，涂抹在鹿被套子勒出的伤口上，鹿也很喜欢。鹿一喜欢，就伸出舌头，舔他的手、他的脸，他也十分喜欢。喜欢那种幸福一般的暖流，从头到脚，把他贯穿。

这期间，桑丹又怀上了一个孩子，后来，她消失了几天。当她满脸苍白再出现时，肚子里的东西已经没有了。但格拉每天的猎物，很快就把母亲滋养过来了。不到一个月，她的头发又有了光泽，脸上又有了红润，只是，他没有办法再让母亲眼睛里的光亮汇聚起来，使她对世上的事情表示特别的关注了。

格拉对母亲说：“桑丹啊，你的眼神要这样就这样吧。奶奶临走的时候说，”说到这里，他看见桑丹歪起了头，好像在思索什么，眼神也好像要汇聚起来了，但这只是片刻工夫，母亲脸上又显出茫然而又空洞的笑容，“奶奶临走的时候说，要是你不这样，也许你是整个机村心里最苦的人。”

母亲还是那样没心没肺地笑着。

不知不觉间，奶奶和兔子就走了一年了。

又一个春天到来的时候，正像奶奶对他预言的一样，勒尔金措生下了一个女儿。

那天，奶奶在坐化之前对他说：“等到他们生下新的孩子，就会忘记对你的仇恨了。”

从这天起，格拉增加了猎物数量。每天夜晚，等天黑尽了，人们关上了朝向广场的沉重的木门，他才悄悄地潜回村子，把一只猎物挂在恩波家门口。有时，那幢透出一点昏黄光亮的屋子安安静静。有时，那个屋子里会传出婴儿啼哭的声音。这时，格拉就会在恩波家院子的树篱边多站上一会儿。这声音很像林子里总在悬崖觅食的青羊幼羔的叫声，也很像兔子小时候的哭声。

回到家里，格拉会对母亲说："奇怪，兔子降生时，我才是四岁大的孩子。这么大的小孩是记不住事情的。"

桑丹说："是啊。"

格拉又说："算了，不跟你说这些，反正我觉得我是记住了。"

桑丹眼里显出怜爱的神情，叫一声："格拉。"

"我的好阿妈，你还认得我就已经很不错了。"格拉很老气地说。

桑丹咯咯地笑了，就像一个混沌未开的孩子。

春暖花开的时候，生产了一个女儿的勒尔金措又下地劳动了。她和恩波这对曾经显得像陌生人一样的夫妻，现在又恩爱如初——比起新婚时节，这对夫妻的恩爱中还加进了一种深深的怜惜。在机村，人与人之间的冷漠与猜忌构成了生活的主调。所以，这对夫妻这种显得过分的恩爱使他们成了异类。但他们已经下定决心要不管不顾地过好自己的日子了。

有传言说，是前喇嘛，他们的江村贡布舅舅，运用法力，在他们身上下了一个凡人看不见的罩子，把他们和这个时代隔离开，从此，他们就生活在自己的世界里了。有嗅觉灵敏的人，感到了这种说法的恶毒。生活在罩子里就幸福，否则就不幸福，这就是对社会主义的恶毒攻击。但是，传言的特性就是，人人都听到过这种说法，人人都转述过这种说法，但谁都不知道那个始作俑者是谁。传言依然被人们津津乐道地传布着。从一个人到另一个人的嘴上，从一个人到另一个人的心里。

这就是机村的现实，所有被贴上封建迷信的东西，都从形式上被消除了。寺庙，还有家庭的佛堂关闭了，上香，祈祷，经文的诵读，被严令禁止。宗教性的装饰被铲除。老歌填上欢乐的新词,人们不会歌唱,也就停止了歌唱。但在底下，在人们意识深处，起作用的还是那些蒙昧时代流传下来的东西。文明本是无往不胜的。但在机村这里，自以为是的文明洪水一样，从生活的表面滔滔流淌，底下的东西仍然在底下，规定着下层的水流。

生活就这样继续着，表面气势很大地喧哗，下面却沉默着自行其是。

听到那个关于罩子的传说，格拉感到高兴。他想既然他们关在罩子里，既然罩子里就是一个自足的世界，既然罩子外面的事情与他们无关，那么，他的出现也就不会刺激到恩波与勒尔金措了。

也许，就像奶奶说的一样，当他们有了一个新的孩子，以前的事情，就应该被忘记了。

奶奶的预言很多都应验了。

那个罩子，再加上奶奶的预言，使格拉觉得自己去见恩波的时机成熟了。他是一个人，而不是一头野兽，不应该再每天都待在森林里了。他的头顶上有一个更大的罩子。这是机村人集体的仇恨。奶奶说了，只要从恩波那里打开一道缝隙，这个罩子就可以打开了。

这时候，大地回春，四野已经一派新绿。地里都播上了青稞、小麦和豌豆。黑土地潮湿松软，等待着翠绿的新苗破土而出。太阳一出来，把土地照得暖烘烘的，黑土地醉人的略带甘甜的气味混合着水汽升腾起来。男人们还在为遥远的万岁宫砍伐树木。漂亮的白桦木一棵棵被放倒，每棵都只取最笔直漂亮的一段。男人们把这些木头抬到公路边，等待汽车进山，把他们砍下的木头拉到比他们所有人去过的地方还要遥远的大山的外边。

他们已经差不多砍去整整一面山坡的树木了，但汽车还不断开来，他们已经不去想象那万岁宫是一个多么巨大的宫殿了。有机村以来，所有砍去的树木都赶不上为那个万岁宫所砍去的树木多。开初，索波那样的跟时代合拍的人总是充满深情去想象。但树越砍越多，他们也就失去想象的能力了。

格拉设计了很久他重新在机村的白昼现身的时机，最后，决定是在有汽车来装载木头的时候。机村人看到汽车已经不再惊喜不已了。但汽车每次来，村里的人还是会聚集起来。不是想看汽车，而是不看汽车又有什么好看呢。

这天，他看到两辆卡车顺着公路开来了。男人们把木头一段段抬上车，他就从山林里出来了。他装作顺便路过的样子，等待机村的人们发现他。第一次，从高高的路基上跳下来，吹着口哨从人群边上走过。但人们没有发出惊呼。不是没有人看见他，但人家只是抬了抬眼睛，又一脸漠然地把目光转到别处去了。格拉就木然地站在那里。他看见了一张又一张熟悉的脸，但那些人都没有看见他。他们就是把目光转到他身上时，也像是他并不存在一样，目光轻易就穿过他，落到他身后的草丛或石头上了。

格拉走开了，回到林中，又从林中出来，他要重新走上一遍，让机村的乡亲重新发现他。

格拉觉得前一次不被人发现，是因为他突然从林中出来的缘故。所以，这次他准备走得更远一些。于是，他就从村子的井泉那边过来。这样，他就要在空荡荡的毫无遮拦的大路上行走很长一段时间，这样，人们就有足够的时间发现他了。而且，这条大路还会与通往磨坊的路交汇一次，说不定，不等那些人发现，他就被迎面从磨坊来，或者往磨坊去的人发现了。

果然，当他从那丛老柏树笼罩着的井泉边出来时，就看见一个人从磨坊那边的路上过来了。

而且，他直觉到这个人就是恩波。他不但记不起来刚才还在装车的地方看见恩波，反而觉得好长一段时间以来，他老在这条路上遇到这个家伙。他觉得在好多年里，他一直在这条路上遇到这个家伙。那件事情过后好几年，格拉长大了。当恩波低着头迎面走来，直到两人相会，才抬起布满血丝的眼睛瞪他一眼时，格拉已不再害怕，也不再莫名愧疚了。这不，从起伏不定的从磨坊到机村的路上，一个人远远地迎面走来，先是戴着一顶毡帽的头从坡下冒出来，载沉载浮，然后是高耸的肩膀，之后，整个魁梧的身躯像魔鬼从地下升起，并迎面压迫过来。

格拉屏住了呼吸，绝望而平静地等待着。他凝神静听着嚓嚓的脚步声逼近了，他甚至听到了野兽一样呼哧呼哧的粗重的喘息声。但那个人却在不远处停住了脚步。然后，脚步声又响起来，却越响越远了。格拉有一种恍若梦境的感觉，在这梦中一样恍惚的情景中，格拉睁开了双眼，环顾四周，从三个方向过来的路都空空荡荡。不远处的树丛中，有布谷鸟在悠长地叫唤。格拉晃了晃头，那情形真是一个梦境啊。他是有点害怕，但所以避而不见，是因为听从了额席江奶奶坐化前的交代。奶奶说，等恩波和勒尔金措有了新的孩子，他们心里的猜忌与仇恨就消失了。

格拉端着肩膀，又晃了晃脑袋，就把那个梦魇般的情形甩出去了。

他一身轻松地顺着空荡荡的大路向前走去。很快地，他看见了装满了木头的卡车车厢上站着的人。大路一直往前，前方的卡车和人群就从他的视线里升起来。很快，他就走进了人群。但还是没有人看见他。但他把一切都看见了。他看见，勒尔金措用一条漂亮的兜布背着新出生的女儿，那个女儿眉眼间一点也看不出与兔子有一点相像的地方。他说："嘿，你真漂亮！"

孩子受到惊吓，哭了。

恩波听见哭声，过来哄他的孩子。他对恩波做了一个差不多算是谄媚的笑脸，但他好像没有看到一般。他又变了一张委屈的脸，他还是视若无睹。他有些担心了。走到卡车那里，看到桦木都整整齐齐地装好了。他摸摸那些新鲜的木头茬口，能感到木头的气味，但摸不到木头的质感。他有些害怕了。难道自己是一个鬼魂吗？好像为了印证这一切，一个干部模样的人拎着一桶红色油漆走过来，直接就穿过了他的身体。每一个圆圆的木头茬口，正好让他画上一朵鲜红的葵花。那个人在众目睽睽之下，先画上一朵空心的葵花，再在花的中央，画上一颗鲜红的心。他一口气画出了好几十朵相同模样的花，然后放下笔，拍拍手说："好了，这下，这些木头真正是献给万岁宫的木头了。"

格拉突然明白过来，那天，他已经跟着奶奶一道走了。

明白了这一点，他就感到，魂魄开始消散了。他勉力再次走到恩波面前，其间，脸上做出不同的表情，但恩波没有看见。勒尔金措也没有看见。只有他们新生的女儿好像看见了，对格拉露出了一个含义并不明确的笑靥。他想，奶奶说得对，他们已经把仇恨忘记了。

格拉还想看看母亲桑丹，但他只往前走了两步，就觉得脚步飘起来。然后，有清脆的鸟鸣随清风飘过来，他所有意识都消散了。

马　车

还是来说说马车吧。

此前机村有马，也有马上英雄的传奇，但没有车，没有马车。其实，哪里只是机村，方圆几百里，上下两千年，这个广大的地区都没有这个东西。

但是，有一天，突然就有马车了。这马车来得很不正式。那还是农业合作社的时候，社长去乡里开会，除了自己的坐骑，还备了好几匹马，并吩咐人都上好了鞍子。大家问："格桑旺堆社长，是不是你当了官，共产党要给你配一个新夫人哪！牵这么多马去，是不是还有很多的陪嫁呀！"

那时，机村的一些人，慢慢开始明白，共产党不是一个人。但还是有很多人以为，共产党是一个人，和毛主席加在一起，是非常了不起的两个人。

麻子保管员说：“是毛主席要给我们发好东西了！”

什么好东西呢？杨麻子这个总要显得比别人聪明的人却假装出高深莫测的样子，笑而不答。

大家闲着无事，聚在一起，就等着格桑旺堆社长从乡上回来。这一等就是三天，但大家都没有一点不耐烦。

他们说：“这家伙，想在我们都不耐烦等了，回到家里喝茶的时候突然出现，我们才不上这个当！”

这么一说，格桑旺堆和那几匹负重的马就出现了。好像他就藏在附近什么地方，想趁大家不注意的时候，突然出现在村子里。但大家都不上当，他也就只好现身了。几匹驮着重物的马脖子上的铃铎叮当作响，队列稀疏，步伐散乱。格桑旺堆的坐骑也驮上了东西，他袖着一双手，懒洋洋地走在后面。总之，从这情形，一点看不出有崭新事物降临的庄重意味。

马一匹匹走进村中广场，停下步子，喷两下响鼻，等人们上来卸去身上的重负。

大家七手八脚上去，把牲口背上的东西往下卸。格桑旺堆喊一声：小心！但已经有人把脚砸伤了。没人想到牲口背上的东西有那么沉，所以手上并没怎么用劲，一解绳子，东西沉沉下坠，就把脚给砸了。大家这才小心地把那些神秘的重物一样样小心翼翼地从牲口背上卸下来。

解去了鞍鞯的马抖抖鬃毛，咴咴叫上两声，奔到河边饮水，到泥沼里打滚去了。

大家就看着格桑旺堆，等他来揭开谜底。

格桑旺堆吸了一撮鼻烟，说：“打开。”

马上就有心急的人上去，用刀把裹在那些奇形怪状的东西上的麻布挑开。一样一样的东西就从里面暴露出来。问题是，大家都看得一清二楚了，还是不明白这是些什么东西，更不明白这些东西能派上什么用场。人要不知道眼前是什么东西，这东西也就无法描述。所以，我只好按知道以后的说法来说。这些东西是几只橡胶轮子、支撑橡胶轮子的几只钢圈，再有就是能把两只大轮子连接起来的转轴、轴套里的滚珠轴承。除了那几只橡胶轮子，所有的铁件东西上，都满涂着散发着刺鼻气味的厚厚的油脂。简而言之，这是一辆马车最主要的部分。当然,这是我们这些已经知道车是什么的人的说法。那时，人们都小心地伸出手去触摸那些陌生的东西。他们都没有触摸到那些东西的实质，也就是钢铁部件那光滑而坚硬的部分。他们只是摸了一手钢铁构件表面上那黏稠的，气味也非常陌生的油脂。于是，他们都把眼光转向了格桑旺堆。

格桑旺堆作为机村领头人的权威也就是在这样一些特别

的时候树立起来的。

他沉稳地笑笑，从怀里掏出一卷纸，叫人展开。上面就是一些交叉的线条，没有人能够明白。他把这张纸卷起来收好，再打开一张，又是这样一些横横竖竖的线条。最后，还是有木匠手艺的南卡说："我知道了！"

格桑旺堆问："知道顶个屁用，你能做出来吗？"

"我试试。"

"我不是叫你试试，我问你能不能做出来？"

"能！"

"那你明天就动手，要帮手就开口，我给你派。"说完，格桑旺堆叫麻子把这些东西一件件入了库，就走开了。

这时，大家才想起来问木匠南卡："这是什么东西？"

南卡张开了嘴巴，却说不出话来。

为什么呢？因为机村的土著语言中，没有他已经领会到的这个东西的名字。所以，他说不出来。

众人脸上露出了讥诮的神情。

木匠南卡大叫："我真的知道！"

"那你就说出来吧。"

南卡说："我知道，但我就是说不出来。"

众人再次大笑。南卡就对着格桑旺堆家的房子喊："格桑社长，告诉我这个东西的名字！”

格桑旺堆从窗口伸出脑袋：“马车！”

他是用汉语说的。这时的机村的土著藏语中，已经夹杂了好多的汉语。这也是新加入的语汇之一。

南卡就对大家大声喊：“马车！”

但大家还是不知道这是什么东西。奇怪的是，只要有了一个名字，即使这个东西还没有成形，还没有以名字指称的那个事物本来的样子呈现在人们面前，大家立即就相信了。大家都说，南卡要造马车了。

马、车。这两个音节在喉、舌和齿的联合作用下，艰难地从机村人的口中吐了出来，他们就相信这个名字所指称的东西是一个真实的存在了。每天，大家从地里回来，头一件事，就是去看南卡的工作进度。每到这个时候，南卡就把手里的工具放下来，不管是拿着凿子、斧子、刨子，还是别的什么工具，他都立即停下来，转而把格桑旺堆带回来的图纸铺开，眯缝着双眼细细打量。冷不丁的，他还会打出一个很响的嗝。但一天天，大家看到马车的部件一一呈现。先是两根后方前圆的车辕，接着，两根车辕被横木连接起来。往下，轮子和轴装配好了，车架也牢牢地固定在上面了。南卡打开最后一张图纸，按样子在车架上铺上木板，装上了驭手座位与货厢。

当这驾新马车以马车的样子呈现在大家面前，把钢铁机件上的黄油味和木头上新鲜的松脂味混合在一起的时候，大家就都知道马车是个什么东西了。

关于机村的马车，还有一个小花絮值得一说。马车造好了，却剩下一张图纸。大家也没有怎么理会，因为马车实实在在停在小广场上了。孩子们推着它，它的两个橡胶轮子真的转动起来,在广场上像一驾马车那样运动起来。于是,驯马，驯好马，试车。这时，大家才晓得那张图纸大有用处。因为这车没有刹车，结果带马连车冲进了河边的柳树林里。是乡上的人少给格桑旺堆发放了刹车部件。格桑旺堆又去了一趟乡上，取回了这些部件。然后，机村的马车就是一架真正的马车了。

人物素描

瘸子，或天神的法则

一个村庄无论大小，无论人口多少，造物主都要用某种方式显示其暗定的法则。

法则之一，人口不能一例都健全。总要造出一些有残疾的人，但也不能太多。比如瘸子。机村只有两百多号的人，为了配备齐全，就有一个瘸子。

而且，始终就是一个瘸子。

早先那个瘸子叫嘎多。这是一个脾气火爆的人，经常挥舞双拐愤怒地叫骂，主要是骂自己的老婆与女儿是不要脸的婊子。他的腿也是因为自己的脾气火爆才瘸的，那还是解放以前的事情。他家的庄稼地靠近树林边，常常被野猪糟践。每年，庄稼一出来，他就要在地头搭一个窝棚看护庄稼，他家也就常常有野猪肉吃。但他还是深以为苦。不是怕风，也不是怕雨。他老婆是个腼腆的女人，不肯跟他到窝棚里睡觉，更不肯在那里跟他做使身体与心绪都松软的好事情。

他为此怒火中烧，骂女人是婊子。他骂老婆时，两个女儿就会哀哀地哭泣，所以，他骂两个女儿也是婊子。女人年轻时会跟喜欢的男人睡觉。婚后，有时也会为了别的男人松开腰带。但她们不是婊子，机村的商业没有发达到这样的程度。但这个词可能在两百年前，就在机村人心目中生了根，很自然地就会从那些脾气不好、喜欢咒骂人的口中蹦了出来。自然得就像是雷声从乌云中隆隆地滚将出来。

后来，瘸子临去世的那两三年，他已经不用这个词来骂特指的对象了。他总是一挥拐杖，说："呸，婊子！""呸，这些婊子！"

每年秋天一到，机村人就要跟飞禽与走兽争夺地里的收成。他被生产队安排在护秋组里。按说，这时野兽吃不吃掉庄稼，跟他已经没有直接关系了，因为土地早已充公，属于集体了。此时的嘎多也没有壮年时那种老要跟女人睡觉的冲动了。但他还总是怒气冲冲的。白天，护秋组的人每人手里拿着一面铜锣，在麦地周围轰赶不请自来的飞鸟。他扶拐的双手空不出来，不能敲锣，被安排去麦地里扶起那些常常被风吹倒的草人。他扶起一个草人，就骂一句："呸，婊子！"

草人在风中挥舞着手臂。

他这回是真的愤怒了。一脚踢去，草人就摇摇晃晃地倒下了。这回，他骂了自己："呸，婊子！"

他再把草人扶起来，但这回，草人像个瘸子一样歪着身子在风中摇摇晃晃。

瘸子把脸埋在双臂中间笑了起来。随即，瘸子坐在地上，屁股压倒了好多丛穗子饱满的麦子，仰着的脸朝向天空，笑声变成了哭声。再从地上站起来时，他的腰也佝偻下去了。从此，这个人不再咒骂，而是常常顾自长叹："可怜啊，可怜。"

天下雨了，他说："可怜啊，可怜。"

秋风吹拂着金色的麦浪，哐哐的锣声把觅食的鸟群从麦地里惊飞起来，他说："可怜啊，可怜。"

晚上，护秋组的人，一个个分散到地头的窝棚里，他们人手一支火枪，隔一会儿，这里那里就会"嗵！"一声响亮。那是护秋组的人在对着夜里影影绰绰下到地里的野兽的影子开枪。枪声一响，瘸子就会叹息一声。如果很久没有枪响，他就坐在窝棚里，把枪伸到棚外，冲着天空放上一枪。火药闪亮的那一瞬间，他的脸被照亮一下，随即又沉入黑暗。但这个家伙自己连眼皮都没有抬一下。所以，枪口闪出的那道耀眼光芒他没有看见。还有人说，他的枪里根本就没有装过子弹。自从腿瘸了之后,他的火枪里就没有装过子弹了。那时，他在晚上护的是自己家地里的秋。机村人的耳朵里，还没有灌进过合作社、生产队、大集体这些现在听起来就像是天生就有的字眼。那次，在一片淡薄的月光下，一头野猪给打倒在麦地中间。本来，一个有经验的猎手会等到天亮再下到麦棵中去寻找猎物。机村的男人都会打猎，但他从来不是一个提得上名字的猎手，因为从来没有一头大动物倒在他枪口之下。看到那头身量巨大的野猪被自己一枪轰倒，他真是太激动了。结果，不等他走到跟着，受伤的野猪就喘着粗气从麦棵中间冲了出来。因受伤而愤怒的野猪用长着一对长长獠牙的长嘴一下掀翻了他。那天晚上，一半以上的机村人都听到了他那一声绝望的惨叫。人们把他抬回家里，野猪獠牙把他大腿上的肉撕开来，把白生生的骨头露在外面。还有一种隐约的传说，他那个地方也被野猪搞坏了。那畜生的獠牙锋利如刀，轻轻一下，就把他两颗睾丸都挑掉了。第二天，人们找到了死在林边的野猪，但没有人找到他丢失的东西。人们把野猪分剖了分到各家，他老婆也去拿了一份回来。一见那血淋淋的东西，他就骂了出来："呸！婊子！"

瘸腿之前，他可是一个好脾气的人哪。

脾气为什么好？就因为知道自己本事小。

瘸腿之后，脾气就像盖着的锅里的蒸汽，腾腾地蹿上来了。

那都是很久很久以前的事情了。

一来，这件事发生确实有好些年头了。二来，一件事情哪怕只是昨天刚刚发生，但是经过一个又一个人添油加醋的传说，这件事情的发生马上就好像相距遥远了。这种传言，就像望远镜的镜头一样，反着转动一下，眼前的景物立即就被推到了很远的地方。

这个事件，人们在记忆中把它推远后，接下来就是慢慢忘记了。所以等到他伤愈下楼重新出现在人群里的时候，人们看他，就像他生来就是个瘸子一样了。

我说过，一个村子不论人口多少，没有几个瘸子瞎子聋子之类，是不正常的。那样就像没有天神存在一样。所以，瘸子架着拐杖出现在大家面前时，有人下意识就抬头去看天上。瘸子就对看天的人骂：“呸！”

他还是对虚空上那个存在有顾忌的，所以，不敢把后面那两个字骂出口来。

后来，村里出了第二个瘸子。这个新瘸子以前有名字，但他瘸了以后，人们就都叫他小嘎多了。那年二十六岁的小嗄多，肩着一条褡裢去邻村走亲戚。褡裢里装的是这一带乡村寻常的礼物：一条腌猪腿，一小袋茶叶，两瓶白酒，和给亲戚家姑娘的一块花布。对了，他喜欢那个姑娘，他想去看看那个姑娘。路上，他碰见了一辆爆了轮胎的卡车。卡车装了超量的木头，把轮胎压爆了。小嗄多人老实，手巧，爱鼓捣个机器什么的，而且有的是一把子用不完的力气。所以，他主动上去帮忙。装好轮胎，司机主动提出要搭他一段。其实，顺着公路，还有五公里，要是不走公路，翻一个小小的山口，三里路就到那个庄稼地全部斜挂在一片缓坡上的村庄了。

他还是爬到了车厢上面。

这辆卡车装的木头真是太多了。走在坑坑洼洼的路上，像个醉汉一样摇摇晃晃。小嗄多把腿伸在两根粗大的木头之间的缝隙里，才算是坐得稳当了。他坐在车顶上，风呼呼地吹来，风中饱含着秋天整个森林地带特别干爽的芬芳的味道。满山红色与黄色斑驳的秋叶，在阳光下显得那么饱满而明亮。

有一阵子，他去的那个村子被大片的树林遮住了。很快，那个村子在卡车转过一个山湾后重新显现出来时，在一段倾斜的路面，卡车又一只轮胎砰然一声爆炸了。卡车猛然侧向一边，差一点就翻倒在地。但是，这个大家伙，它摇晃着挣扎着向前驶出一点，在平坦的路面上稳住了身子。小嘎多没有感觉到痛。卡车摇晃的时候，车上的木头错动，使他伸在木头之间的双腿发出了骨头的碎裂声。他的脸马上就白了，赞叹一样惊呼了一声，就昏过去了。

小嘎多再也没能走到邻村的亲戚家。

医院用现代医术保住了他的命，医院像锯木头一样锯掉了他半条腿。他还不花一分钱，得到了一条假腿，更不用说他那副光闪闪的灵巧的金属拐杖了。那辆卡车的单位负责了所有开销。这一切，都让老嘎多自愧不如。小嘎多也进了护秋组，拿着面铜锣在地头上哐哐敲打。两个瘸子在某一处地头上相遇了，就放下拐杖晒着太阳歇一口气。两个人静默了一阵，小嘎多对老嘎多说，你那也就是比较大的皮外伤。你的骨头好好的，不就是断了一条筋嘛，要是到医院，轻轻松松就给你接上了。去过医院的人，都会从那里学到一些医学知识。小嘎多叹口气，卷起裤腿，解下一些带子与扣子，把假腿取出来放在一边，眼里露出了伤心之色。老嘎多就更加伤心了。自己没有上过医院，躺在家里的火塘边，每天嚼些草药敷衍在创口之上。那伤口臭烘烘的，差不多用了两年时间才完全愈合。他叹息。小嘎多想，他马上就要自叹可怜了。老嘎多开口了，他没有自怨自怜，语气却有些愤愤不平："有条假腿就得意了，告诉你，我们这么小的村子里，只容得下一个瘸子。你，我，哪一个让老天爷先收走还不一定呢！"

老嘎多说完话，起身架好拐，在哐哐的锣声中走开了。雀鸟们在他面前腾空而起，那么响的锣声并不能使它们害怕，它们就在那锣声上面盘旋。锣声一远，它们又一收翅膀，一头扎到穗子饱满的麦地里去了。

小嘎多好像有些伤心，又好像不是伤心，他也不会去分析自己。他把假腿接在断腿处，系上带子，扣上扣子，立起身来时，听到真假肢相接处，有咔咔的脆响。假腿磨到真腿的断面，有种可以忍受却又锐利的痛楚。他没有去看天，他没有想自己瘸腿是因为天上有个老家伙暗中做了安排。但现在，看着老嘎多慢慢走远的背影，他想："老天要是真把老嘎多收走，那他也算是解脱出来了。"

他的心里因此生出了些深深的怜悯，第二天下地时，他怀里揣着小瓶子，瓶子里有两三口白酒。

到地头坐下时，他就从怀里掏出这酒来递给比他老的、比他可怜的瘸子。

整个秋天，差不多每天如此。每天，两个瘸子也不说话，老嘎多接过酒瓶，一仰脸，把酒倒进嘴里，然后，各自走开。

这样到了第二年的秋天，老嘎多忍不住了，说：“妈的，看你这样子，敢情从来没有想过老天爷要把你收走。”

小嘎多脸上的笑容很开朗，的确，他一直就都是这么想的：“老天爷的道理就是老的比小的先走。”

老嘎多也笑了：“呸！婊子！你也不想想，老天爷兴许也有个出错的时候。”

“老天爷又不会喝醉酒。”

说到这里，小嘎多真的才意识到自己还很年轻，不能这么年轻就在护秋组里跟麻雀逗着玩。

从山坡上望下去，村里健全的劳动力都集中在修水电站的工地上，以至成熟的麦地迟迟没有开镰。

他说：“妈的，老子不想干这么没意思的活，老子要学发电。”

老嘎多就笑了，这是他第一次看见老嘎多脸上的肌肉因为笑而挤出了好多深刻的皱纹。于是，这一天，他又讲了好些能让人发笑的话。老嘎多真的就又笑了两次。两次过后，他就把笑容收拾起来，说这世界上并没有什么值得人高兴的事情。小嘎多心上对这个人生出了怜悯，第一次想，对一个小村子来说，两个瘸子好像是太多了。如果老天爷真要收去一个的话……那还是让他把老嘎多收走吧，因为对他来说，活在这个世上好像太难太难了。而自己还这么年轻，不该天天在这地头上敲着铜锣驱赶麻雀了。

有了这个想法，他立即就去找领导："我是一个瘸子。我应该去学一门技术。"

"那个嘎多比你还先瘸呢。"

"那个笨蛋，你们真要送他去学发电，我也没有什么意见。"领导当然不能让那个笨蛋去学习发电这么先进的事情，小嘎多却是一个脑瓜灵活的家伙。他提出这个要求，就忙自己的去了。几天后，他得到通知，让他收拾东西，在大队部开了证明去县里的小水电培训班报到。

"真的啊？！"他拿着刚刚印上了大红印章的证明还不敢相信这竟是真的。他坐在地头起了这么一个念头，没想到过不了几天，这个听起来都荒唐的愿望竟成了现实。"为什么？"

领导说："不是说村里就没有比你更聪明的人。只不过他们都是手脚齐全的壮劳力，好事情就落在你头上了。"

小嘎多不怒不恼，临出发前一天还拿着铜锣在地边上驱赶雀鸟。不多时他就碰上了老嘎多。这家伙拄着一副拐，站在那些歪斜着身子的草人身边，自己也摇摇晃晃一身破烂像一个草人。

小嗄多就说：“伙计，站稳了，不要摇晃，摇晃也吓不跑雀鸟。”

“呸！婊子！”

“不要骂我，村里就我们两个瘸子，等我一走，你想我的时候都见不着我了。”

“呸！”

“你不是说一个村里不能同时有两个瘸子吗？至少我离开这半年里，你就可以安心了。”说着，他伸出手来，说，“来，我们也学电影里的朋友握个手。”

老嗄多拐着腿艰难地从麦地里走出来，伸出手来跟他握了一下。小嗄多心情很好，他从怀里掏出一个酒瓶，脸上夸张地显出陶醉的模样，老嗄多的鼻头一下子就红了起来，他连酒味都还没有闻到，就显出醉了的模样，他伸出去接酒瓶的手都一直在抖索。老嗄多就这么从小嗄多手里抓过酒瓶，用嘴咬开塞子，“咕咚！”一声，倒进肚里的好像不是一口沁凉的水，而是一块滚烫的冰。

他就这么接连往肚子里投下好几块滚烫的冰，然后，才深深地一声长叹，跌坐在地上。他想说什么，但又什么都没说。他眼里有点依依不舍的神情，但很快，又被愤怒的神色遮掩住了。

两个瘸子就这么在地头上呆坐了一阵，小嘎多站起身来，假肢的关节发出叭叭的脆响：“那么，就这样吧。反正有好些日子，机村又只有你一个瘸子了。”

老嘎多还是不说话。

小嘎多又说：“等我回来，等到机村天空下又有了两个瘸子，老天爷看不惯，让他决定随便除掉我们中间的哪一个吧。”说完，他就往山坡下扬长而去了。他手里舞动着的金属拐杖在太阳底下闪闪发光。

等到小嘎多培训回来，水电站就要使机村大放光明的时候，老嘎多已经死去很多时候了。电站正式发电那天，村里的男人围坐在发电房的水轮机四周。当水流冲转了机器，机器发出了电力，当小嘎多合上了电闸，飞快的电流把机村点亮，他仿佛看见老嘎多就坐在这些人中间，脸上堆着很多很多的皱纹，他知道，这是那个人做出了笑脸。

人是出发点，也是目的地

——第七届华语文学传媒大奖受奖辞

谢谢华语传媒大奖直接让作家本人以自己的名字来得到这个奖项。

过去得奖，我不太觉得跟自己有太大的关系，因为那些奖项总是给予某一部具体的作品。你走上领奖台时，感觉好像是那本书懒得出席，而派出的一个代表。虽然那本书是你自己的作品，出自你的笔下。但在我感觉中，得奖的不是我，而是某一本书，或者某一篇小说。我没有因为得奖而特别高兴过，并不是因为什么特别高妙的原因。我在另一次的得奖演说中说过这样的话：故事从我脑子里走出来，到了电脑磁盘里，又经过打印机一行行流淌到纸上。那是十多年前。随着网络的普及,连打印这个过程也省略了。一个“发送”的指令，这本书就如此轻易而神秘地离开了。从此，这本书就不再属于我了。她开始了自己的历程，踏上了自己的命运之旅。我不知道别的作家是不是有过这样的感觉，我却深深感到，从此，我对她将来的际遇是无能为力了。作家的责任是写出好作品，但作家不能给书本的命运提供一个万全的保险。在此点上，作家和他的书只能听凭好运气的光临。一个作家所能保证的，就是在写作的过程中做最大的努力，这是我有自信的一个方面，自信是因为奉献了全部的心智真诚。同时，我却无力也不愿为作品以后的际遇而承担责任。于是，当一本书得了某个奖项，我都归因于这本书的好运气。她遇到了那么多喜欢她的人，而不是我。我这个写作了她的人，未必就有那么讨人喜欢。或者说，写作者如果要忠于一个作家的职责，也许还会制造出一些对立面，而不是让所有人都与自己站在同一个立场上。正是因为这样一个原因，当我代表某一个作品去登上领奖台时，我的确不是显得那么欢欣鼓舞。

但是，今天登上这个领奖台有些不同。一个作家当然是因为创作的作品而享受奖励，但毕竟，这一次，至少在形式上，我的感觉是这个奖项直接给予了作家本人，而让他的作品藏在了这个人的后面。我直接感到我的劳动得到了肯定。于是，这一次，我真切地想要对使我得奖的机构与评委表示深切的谢意！

在今天这样一个时代，不只是知识分子，就是一般识文断字的读书人，眼光都越来越向外。外国的思想，外国的生活方式，外国的流行文化，差不多事无巨细无所不知，对于巴黎街边一杯咖啡的津津有味，远超过对于中国自身现实的关注。而中国深远内陆的乡村与小镇，边疆丛林与高旷地带少数族群的生活，却越来越遗落在今天的读书阶层，更准确地说是文化消费阶层的视野之外。所以，我对自己关于深远内陆与少数族群的书写，还能得到这样的关注、这样的肯定、这样的支持而感到宽慰。尤其是，这种肯定来自一个有影响力的媒体，来自一些一直在进行负责的社会文化批评的评委，更使我深感荣幸。我特别想指出的是，有关藏族历史、文化与当下生活的书写，外部世界的期待大多数时候会基于一种想象。想象成遍布宗教上师的国度，想象成传奇故事的摇篮，想象成我们所有生活的反面。而在这个民族内部也有很多人，愿意做种种展示（包括书写）来满足这种想象，让人产生美丽的误读，把青藏高原上这个民族文明长时期的停止不前，描绘成集体沉迷于一种高妙的精神生活的自然结果。特别是去年（即 2008 年）拉萨“3・14”事件发生后，在国际上，这种“美丽”的误读更加甚嚣尘上。尤其使人感到忧虑的是，那样的不幸事件发生后，在国内，在民间，一些新的误解正在悄然出现——虽然并不普遍，但确实正在出现。这些误解会在民间，在不同民族的人民中间，布下互不信任的种子。在很多年前，我就说过，我的写作不是为了渲染这片高原如何神秘，渲染这个高原上的人们生活得如何超然世外，而是为了祛除魅惑，告诉这个世界，这个族群的人们也是人类大家庭中的一员。他们最最需要的，就是作为人，而不是神的臣仆而生活。他们因为蒙昧，因为弄不清楚尘世生活如此艰难的缘故，而把自己的命运无条件托付给神祇已经上千年了。上个世纪以来，地理与思想的禁锢之门被渐渐打开，这里的大多数人才得以知道，在他们生活的狭小世界之外还有一个更为广大、更为多姿多彩，因而也就更复杂，初看起来更让人无所适从的世界。而他们跨入全新生活的过程，必定有更多的犹疑不决，更多的艰难。尘世间的幸福是这个世界上绝大多数人的目标，全世界的人都有一个共识：不是每一个追求福祉的人都能达到目的，更不要说，对很多人来说，这种福祉也如宗教般的理想一样难以实现。于是，很多追求这些幸福的人也只是饱尝了过程的艰难，而始终与渴求的目标距离遥远。所以，一个刚刚由蒙昧走向开化的族群中那些普通人的命运，理应从这个世界得到更多的理解与同情。我想，我所做的工作的主要意义就在于此：呈现这个并不为人所知的世界中，一个一个人的命运故事。

我所以强调以个人命运为对象的叙事方式，首先当然是因为这是一个小说家必然的方式，但更重要的是，我并不认为，一个僧侣，或者别的什么人，有资格合情合理合法地代表这个神秘帷幕背后的世界上所有的人民。只有那些一个一个的个体，众多个体的集合，才可能构成一个族群，一种文化的完整面貌；只有这种集合，才能真正地充实一个概念。可悲的是，无论是在中国，还是中国那个被叫作西藏的地方，总是少数人天然地成为所有人的代言。而这些代言，往往是出于一己之私，或者身处其中的利益集团的需要，任意篡改与歪曲族群与文化这些概念的内涵。

我自己就曾经生活在故事里那些普通的藏族人中间，是他们中的一员。我把他们的故事讲给这个世界上更多的人。民族、社会、文化甚至国家，不是概念，更不是想象。在我看来，就是一个一个人的集合，才构成那些宏大的概念。要使宏大的概念不至于空洞，不至于被人盗用或篡改，我们还得回到一个一个人的命运，看看他们的经历与遭遇，生活与命运，努力或挣扎。对于一个小说家来说，这几乎就是他的使命，是他多少有益于这个社会的唯一的途径，也是他唯一的目的。当然，还有很多因素会吸引一个小说家，我们讲述故事所依凭的那种语言的秘密，自在的也是强大的自然，看似稳定却又流变不居的文化，当然还有前述那些宏大的概念，但人才是根本。依一个小说家的观点看，去掉了人、人的命运与福祉，那些宏大概念是没有任何意义的。所以，对一个小说家来说，人是出发点，人也是目的地。在我的理解中，小说家是这样一种人：他要在不同的国度与不同的种族间传递讯息，这些讯息林林总总，但归根结底，都是关于沟通与了解，而真实，是沟通与了解最必需的基石。很多时候，看到外界对于我脱胎其中的文化的误读仍在继续，而在这个文化内部，一些人努力提供着不全面的材料，来把外界的关注引导到错误方向，我会对自己的工作感到绝望。但绝望不是动摇。这种局面正说明，需要有人来做这种恢复全貌的工作，即描绘普通人在这种文化中真实的生存境况的工作。而今天得到的这个奖项，正是对我所从事的工作的最大的理解与支持。我要在此对于这种同情与支持再次表达深切的谢意。

今天，在得到一个享有美誉的文学奖项的眷顾时，我更要感谢文学。

对我来说，文学不是一个职业，一种兴趣爱好。文学对我而言，具有更为深广的意义：她是我自我教育、自我提升的途径；是我从自我狭小的经验通往广大世界，进而融入大千世界的唯一方式。我生长于荒僻的乡村，上过学，但上过的小学、初中和中等师范都是最不正规的那一种。上小学和初中是在“文革”中间，上师范是1978—1980年。大家知道，那时的学校应该没有给学生提供什么好的世界观——甚至可以说，那种教育一直在教我们用一种扭曲的、非人性的眼光来看待世界与人生，让我带着这种不正确的世界观走入了生活。而且在那时，我置身其中的生活似乎也不会给一个年轻人好的指引。社会上只有少部分人在自觉排除过去的年代注入体内的毒素，更多人以为因这些毒素而发着低烧是一种正常的状态。好在那时，我遭逢了文学。不是当时流行的文学。那些尘封在图书馆中的伟大的经典重见天日，而在书店里，隔三岔五，会有一两本好书出现。没有人指引，我就独自开始贪婪的阅读。至今我也想不明白，自己怎么就能把那些夹杂在一大堆坏书和平庸书中的好书挑选出来。大家知道，我自己来自一个宗教压倒一切的文化。但是，在众神与凡人之间，那么多的神职人员却让人对宗教失去了信仰。但在回首往事时，我曾想过，真的在天上有一种巨大的意志，在冥冥之中给予人超越凡尘的帮助吗？那个时候，我并没有想过要当一个作家。我只是贪婪地阅读，觉得这种阅读是一种很好的自我教育。在我周围，至多是有善良的人，但没有伟大的人。但在书的背后，站立着一个一个的巨人，在夜深人静的时候，他们就会站出来，站在台灯的暗影里，指引我，教导我。也许是有些矫枉过正了，以后，我拒绝过很多再次走进学校的机会。这当然是来自我过去的经验。但我很放心，把自己交给文学，让文学来教育我，提升我。

在我的经验中，大多数人都在为生存而挣扎，而争斗，但文学让我懂得，人生不只是这些内容，即便最为卑微的人，也有着自己的精神向往。而精神向往，并不是简单地把自己托付给中介机构一样的神职人员或者另外什么人，就可以平稳地过渡到无忧无虑无始无终的天国，而是在自己的内心生出能让自己温暖，也让旁人感到安全与温馨的念想，让她像一朵花结为蓓蕾，悄然开放，然后，把众多的种子撒播在那些荒芜的土地上。

文学的教育使我懂得，家世、阶层、文化、种族、国家这些种种分别，只是方便人与人互相辨识，而不应当是树立在人与人之间的不可逾越的界限。当这些界限不只标注于地图，更横亘在人心之中时，文学所要做的，是寻求人所以为人的共同特性，是跨越这些界限，消除不同人群之间的误解、歧视与仇恨。文学所使用的武器是关怀、理解、尊重与同情。文学的教育让我不再因为出身而自感卑贱，也不再让我因为身上的文化因子，以热爱的名义陷于褊狭。

文学的教育使我懂得，自己的写作，首先是巩固自己的内心，而不是试图去教育他人。文学是潜移默化的感染，用自己的内心的坚定去感染，而不是用一些漂亮的说辞。

我不想说，我和自己的同时代人一样，接受的是一种蔑视美、践踏美的教育，至少，那是一种没有审美内容的教育，或者说，是以粗暴、以强力、以仇恨为美的教育。我自己也曾用这样的眼光来打量这个世界，是文学让我走出这个内心的牢狱，让我能够发现并欣赏这个世界上的美，在美还不普遍的时代心怀着对美更高的憧憬。

我这样说，当然包括感谢文学让我成为一个作家，改变了我的命运。但更重要的是，文学关于人类普遍命运的教育，关于增添人性光辉的教育，关于给这个世界增加更多美好的教育，关于一个人应该有丰沛而健康情感的教育，把我这样一个生长于蒙昧而严酷环境中，因而缺乏对人生与世界正确情怀的人，变成了一个大致正常的人。如果说，我对将来的自己还有更大的信心，也是因为相信，通过文学这个途径，我将吸取到更多的人类的精神成果，相信通过这样的学习与吸收，自己将变得更加正常，更加进取，更加健康。

——2009 年 4 月

一部村落史，几句题外话

——代后记

这是一座村庄的历史。

一座村庄的当代编年史，从上个世纪的五十年代到九十年代。

这半个世纪，中国进行了史无前例的社会实验——从政治到经济。这场实验，目的在于改变人，也改变社会面貌。中国乡村，在国家版图上无论是紧靠中心还是地处僻远，都经历了革命性变革，与种种变革带来的深刻涤荡。

我自己出生于一个偏远的村庄，在处于种种涤荡的、时时变化的乡村中成长。每一次变革都带来痛苦，每一次变革都带来希望。

即便后来拜教育之赐离开了乡村，我也从未真正脱离。因为家人大多都还留在那里，他们的种种经历，依然连心连肺。而我所能做的，就是为这样的村庄写下一部编年史。

所以，这部小说的主角是一座村庄。

我给这座村庄另起了一个名字：机村。“机”，是一个藏语词的对音。“机”，也不是一个标准的藏语词，而是藏语里一种叫嘉戎语的方言里的词。意思是种子，或根子。

是的，乡村是我的根子。乡村是很多中国人的根子。乡村也是整个中国的根子。因为土地和粮食在那里，很多人的生命起源也在那里。虽然今天人们正大规模迁移到城市，但土地与粮食依然在那里。

当我决定要写一部编年史时，发现自己不能沿着熟悉的路径，写一部传统的长河小说。这五十年中，无论是政治运动还是经济浪潮的冲击，都使得在乡村中，没有一个人或一种人，或一个家族，像长河小说中那样始终处于舞台的中心。在政治运动的冲击下，在经济潮流的激荡中，乡村不断破碎,又不断重组。断裂,修复,再断裂,再修复……这个过程，至今还在继续。在这个过程中，那些顺应新形势的人或主动或被动，不断登场，又不断被淘汰。所以，如果我要以变化的村庄为主角，就得随时去踪迹那些因时因势成为中心，或者预示着乡村变迁方向的新的人物。如果这样，这部小说将不会有一个完整的结构。以破碎的结构对应不断重组的乡村，形式本身都成了某种隐喻。小说初版时，人民文学出版社的宣传给这种破碎一个好听的命名：花瓣式结构。花瓣是空间的，向心的。而编年史是线性的，有始无终的。这也是今天中国乡村变迁的真实图景。

所以，这部小说只好写成互相衔接的六个故事，每个故事都是人的命运，也是乡村的命运。每个故事都各有主角。这样写完了觉得还不够，我又写了十二个小故事。六个关于新的事物，六个关于与新社会适应或者不相适应的人物。

写下这些文字前两小时，我还在一个正式宣布脱贫的村子中行走，身上还带着养鸡合作社鸡场的味道，还带着公司加农户的蔬菜大棚中那些圣女果的味道。乡村为中国发展牺牲自己的时代正在过去，城市反哺乡村的时代开始到来。但在我小说结束的那个时间点，这还只是一个渺远的希望，但乡村已然看见了一点救赎的希望。

写完这部小说，已经又过去了十几年的时间。当年的希望已经不再是那么渺茫。

机村是一个藏族村庄。

但不是一个异族文化样本。

虽然，要写那样一个乡村的命运，自然要写出文化所遭逢的挑战与改变。但文化不是最重要的方面，民族也不是。今日乡村的普遍命运是不分文化，不分民族的。从世界范围看，甚至是不分国家的。今天乡村面临的变迁是整个国家的，甚至是世界性的。

我无意用这部小说提供一幅文化风情画。

这部小说也不是旧乡村的一曲挽歌。

我不是一个一味怀旧的人，而是深知一切终将变化。

我只是对那些为时代进步承受过多痛苦、付出过多代价的人们深怀同情。因为那些人是我们的亲人、同胞，更因为他们都是和我们一样的——人。

看起来具有强烈的特殊性的机村，其实也蕴含着更多的普遍性。

很长时间以来，中国的文学，但凡涉笔到汉族之外的族群，在绝大多数读者、批评者那里，都不会被当成是真正的中国经验、中国故事的书写。写入宪法的中国是一个多民族国家，这样一个现实，在中国知识界还未成为一个真切的认知。他们的认识还是封建气息浓重的大一统的归化观，所以对他们而言，但凡关涉少数民族生活的书写，至多提供了一个多样性的文化样本，只具有文化人类学研究的意义。而我以为，只有把这些非汉族的人民也当成真正的中国人，只有充分认识到他们的生活现实也是中国的普遍现实，他们的未来也是中国未来的一部分，这才是现代意义上真正的“天下观”。唯其如此，各民族的知识分子，才能使优势的一方不陷于自大，以为只有汉民族才是真正的中国；也才能使弱势的一方不堕入褊狭，以为无论如何也不会成为真正的中国。只有这样双向地警醒与克服，我们才会有一个完整的中国观，才会建立起一种超越性的国家共识。

在这一点上，中国知识分子迄今并未提供有价值的识见。

乡村在时代变迁中，付出的另一个代价，是自然环境的毁败。这也是中国普遍现实之一种。在我写下的机村故事中，有大量篇幅，都涉及森林的消失。

离开故乡后，有很多年，我都不情愿回到故乡的村子。最重要的原因，就是不忍心看到那些森林的消失，山野的荒芜。当年，涉笔这些森林的毁败时，我心里的痛楚，甚至会比写下乡亲们艰难的生活更为强烈。但在上世纪九十年代末，中国社会从政府到民间对此都有了足够的警醒。所以，小说里有了一个人物，一个毁败过森林，又开始维护森林的人物。

这是乡村的一种自我救赎。这是一直处于被动状态中的乡村的觉醒。我很高兴捕捉到了这样的希望之光。这是我真实的发现，而非只是为小说添上一个光明的尾巴。

现在，我每次回乡，都看到年逾八旬的父亲，尽力看顾着山林。那些残留的老树周围，年轻的树苗壮成长，并已郁闭成林。从清晨到傍晚，都有群鸟在歌唱。

出家门几十米，我就坐在了荫庇着我儿时记忆的高大云杉的阴凉中，听到轻风在树冠上掠过，嗅到浓烈的松脂的清香。如今，我也不用再担心，这些树会有朝一日在刀斧声中倒下。

这部小说首版的名字叫《空山》。

这名字总让人想起王维的诗，但我写下这个名字时并没有那么从容闲适的出世之想。那时的现实还让人只看到破碎的痛楚，而不是重构的蓝图。从佛教传入中国以来，一个中国人不管是不是真的佛教徒，好多时候，“空”都是一种精神安慰。今天打算重版此书时，我更看到那些艰难过程的意义。所以，才给这部小说一个新的名字：《机村史诗》。

美国批评家哈罗德·布鲁姆说：“倘若遵照荷马、维吉尔、弥尔顿创作史诗的标准，我们现今已没有可称为史诗的体裁。”但他又在他名为《史诗》的批评集中，把《白鲸》《追忆似水年华》和《源氏物语》这样的作品也纳入了史诗的范畴。他以《圣经》中雅各为例，重新定义了史诗：“英勇地整夜搏斗，拖住死亡天使，以求赢取更长生命的赐福。”从这个意义上说，中国乡村在那几十年经历重重困厄而不死，迎来今天的生机，确实也可称为一部伟大的史诗。

——2017 年 7 月 11 日

图书在版编目（CIP）数据

随风飘散 / 阿来著 .— 杭州：浙江文艺出版社，2021.5
ISBN 978 – 7– 5339 – 6445 – 0

Ⅰ. ①随…　Ⅱ. ①阿…　Ⅲ. ①长篇小说 – 中国 – 当代
Ⅳ. ① I247.5

中国版本图书馆 CIP 数据核字（2021）第 039250 号

策划统筹　曹元勇
责任编辑　李　灿　庄馨丽
营销编辑　张赟喆　耿德加
责任印制　吴春娟
装帧设计　今亮后声

随风飘散
阿来　著

出版发行　浙江文艺出版社
地　　址　杭州市体育场路 347 号
邮　　编　310006
电　　话　0571-85176953（总编办）
　　　　　0571-85152727（市场部）
印　　刷　浙江新华数码印务有限公司
开　　本　880 毫米 ×1230 毫米　1/32
字　　数　115 千字
印　　张　6.875
插　　页　2
版　　次　2021 年 5 月第 1 版
印　　次　2021 年 5 月第 1 次印刷
书　　号　ISBN 978-7-5339-6445-0
定　　价　45.00 元

一本书打开一个世界

欢迎订购、合作

订购电话：0571-85153371

服务热线：0571-85152727

KEY-可以文化

浙江文艺出版社

天猫旗舰店